Ulrike Schirmohammadi

Im Visier dunkler Mächte

Gefangen in den Spiralen der Finsternis

Ulrike Schirmohammadi

Im Visier dunkler Mächte

Gefangen in den Spiralen der Finsternis

Bibliografische Informationen der Deutschen Nationalbibliothek
Die Deutsche Nationalbibliothek verzeichnet diese Publikation in der
Deutschen Nationalbibliografie; detaillierte bibliografische Daten sind
im Internet über dnb.dnb.de abrufbar.

2. Auflage
Copyright © Ulrike Schirmohammadi 2018

Printed in Germany

ISBN 978-3-8391-7310-7

Herstellung und Verlag: BoD – Books on Demand, Norderstedt

Im Visier dunkler Mächte

Gefangen in den Spiralen der Finsternis

Ulrike Schirmohammadi

Inhaltsverzeichnis

7

Danksagung

Mein Dank geht an meine besonders lieben und großzügigen Tanten Katharina Ritter und Gretel Metzler, die dieses Buchprojekt ermöglicht haben.

Vorwort

Lange hat es gedauert, bis ich den Mut aufbrachte, dieses Buch zu schreiben. Ich fürchtete vor allem eine drohende Rache von einigen ins Blickfeld gerückten Hauptdarstellern. Mit Sorgfalt habe ich mich bemüht, die Identität der aufgeführten Personen so anonym wie möglich zu halten, da ich nur aufzeigen und keineswegs bloßstellen will.

Es handelt sich um einen autobiografischen Bericht in chronologischer Reihenfolge, wobei die Abschnitte aufbauend ineinander übergehen. Das Buch ergibt nur dann Sinn, wenn man es von Anfang bis Ende, in laufender Folge, liest. Die einzelnen Abschnitte dienen einer besseren Lesbarkeit, deshalb erübrigt sich ein Inhaltsverzeichnis.

„Im Visier dunkler Mächte" vermittelt die von mir in vielen Jahren gesammelten Eindrücke & Erlebnisse besonderer Art. Es fängt gemächlich an, gewinnt aber zunehmend an Dramatik. Dadurch Ängste zu schüren, liegt außerhalb meiner Absicht.

Der gesamte Inhalt übermittelt wahrheitsgemäß positive, negative sowie erschreckende Gegebenheiten.

Zu keiner Zeit litt ich an einer psychischen Krankheit und stand auch nicht unter Konsum von Alkohol, Drogen oder beeinflussenden Medikamenten. Dies erwähne ich, um eventuellen gegenteiligen Vermutungen, die beim Lesen des Buches entstehen könnten, vorzubeugen.

Mein Buch soll dazu anregen, bei allem im Leben genauer hinzusehen, zu hinterfragen und Vorsicht walten zu lassen. Ich möchte durch meine Aufzeichnungen verhindern, dass es Menschen, die sich auch gutgläubig und offen auf den geistigen Weg begeben, so ergeht wie mir.

Ihre Ulrike Schirmohammadi

So fing es an

In meiner Kindheit waren es die spannenden und beeindruckenden Geschichten meines lieben Vaters, die mich in
ihren Bann zogen. Aufmerksam hörte ich zu, wenn er von
unerklärlichen Erlebnissen und anderen erstaunlichen Begebenheiten erzählte.

Ein Bericht meines Vaters

Mein Vater und sein bester Freund waren als treffsichere Jäger allseits bekannt und oft in den heimischen Wäldern auf der Pirsch.

Wieder einmal trafen sie sich zu einem gemeinsamen Jagdtermin, wobei alles zunächst wie gewohnt verlief, bis ein deutlich wahrnehmbares Rascheln unweit von ihnen Aufmerksamkeit auf sich zog. Zu ihrer Überraschung trat ein stattliches Reh aus dem Gebüsch und lief in der direkten Schusslinie, nahezu provokant, hin und her.

Aber, trotz günstigster Bedingungen, verfehlten alle Kugeln ihr Ziel, was mit einem menschlich klingenden, spöttischen Gelächter des Tieres quittiert wurde und eine hastige Flucht der Männer nach sich zog.

Hier ging es offenbar nicht mit rechten Dingen zu, und so entstand die Idee, den Dorfgeistlichen aufzusuchen, von dem sie sich ihre verbliebenen Gewehrkugeln weihen ließen.

Damit ausgestattet, kehrten sie in den Wald zur selben Stelle zurück, und siehe da, das Reh erschien erneut auf der Bildfläche und schickte sich an, dieses eigenartige Verhalten zu wiederholen. Schnell wurden die Gewehre in Stellung gebracht und gleich der erste Schuss traf das Tier am rechten Vorderbein, was einen gellenden Schrei nach sich zog, und im selben Moment löste sich das Reh buchstäblich in Luft auf.

Am nächsten Tag wurde im Dorf erzählt, dass Frau X wegen einer sehr schmerzhaften Verletzung am rechten Bein ins Krankenhaus gebracht werden musste. Dies gab meinem Vater sehr zu denken, zumal er, einige Tage davor, den Annäherungsversuchen dieser Frau eine rüde Abfuhr erteilt hatte.

Talfahrt

Ein anderes Ereignis im Leben meines Vaters spielte sich an einem Sommerabend ab. Der Vollmond versteckte sich hinter Wolken, so wirkte der düstere Himmel nicht gerade einladend für eine Fahrradfahrt von der Alpe ins Tal, zumal die Bergstraße schmal, steil, kurvig und uneben war, aber davon ließ sich mein Vater nicht abhalten. Er fuhr los, orientierte sich am Licht seiner Fahrradlampe und kam zügig voran … bis ihm eine kühle Windböe entgegenpeitschte, die seinen Atem stocken ließ, wobei auch die Fahrradbeleuchtung erlosch.

Vater erschrak, und da er den Weg nicht mehr gut erkennen konnte, startete er ein Bremsmanöver. Er schlitterte, sprang ab und riss sein Gefährt herum, gerade noch rechtzeitig, um einem Sturz in den Abgrund zu entgehen. Bangen Herzens lenkte er sein Fahrrad auf die Straße zurück, wobei die Lampe wieder hell zu leuchten begann.

Die Weiterfahrt erfolgte mit erhöhter Wachsamkeit und verringertem Tempo. Eine gespenstische Ruhe umgab ihn, alles um ihn herum schien stillzustehen, obwohl er das beklemmende Gefühl hatte, beobachtet zu werden. Es dauerte nicht lange, als ihn abermals ein Windstoß heimsuchte, der von einem unheimlichen Stimmgewirr überlagert wurde. Gleichzeitig quittierte das Fahrradlicht wieder seinen Dienst. Dies spielte sich in Sekundenschnelle ab, doch mein Vater war auf der Hut.

Er stoppte und kam vor einem Felsabhang zum Stehen. Die restliche Strecke absolvierte er in panischer Fahrt, wobei er die Verfolger direkt hinter sich wahrnehmen konnte, bis er endlich, schweißgebadet und vor Angst zitternd, das rettende Dorf erreichte.

Für diese Vorfälle gab es keine logische Erklärung, zumal sich auch bei der anschließend durchgeführten Inspektion das Fahrradlicht als fehlerfrei und intakt erwies.

Stall-Ereignis

Auch der Onkel meines Vaters blieb nicht verschont; in seinem Stall ereigneten sich unheimliche Vorkommnisse. Eines Nachts, durch tosenden Lärm und lautes Gebrüll seiner Kühe aufgeschreckt, fand er das Inventar in allen Ecken verstreut. Die Schwänze der Tiere zeigten sich zu vielen feinen Zöpfen verflochten und miteinander verbunden, was selbst in tagelangem Zeitaufwand nicht zu schaffen gewesen wäre.

Alle Verriegelungen des Stalles waren unversehrt, es wurden keine Spuren eines gewaltsamen Eindringens gefunden. Die Tiere verhielten sich noch Tage nach dem Erlebten total verstört und schreckhaft.

Der herbeigerufene Pfarrer versuchte mit Räucherungen und Gebeten den Stall vor schlechten Einflüssen zu schützen, was einige Zeit half, dann kam es aber wieder zu ähnlichen Übergriffen. Die unsichtbaren Täter wurden nie enttarnt, es blieb bei vagen Vermutungen.

Vorhersagen

Im selben Ort lebte eine alte Frau, der man lieber aus dem Weg ging, da sie die gefürchtete Gabe besaß, absolut stimmig voraussagen zu können, in welchem Haus sich in den nächsten Tagen ein Todesfall ereignen würde.

Sie orientierte sich an den Himmelsrichtungen, am Wind und an einem bestimmten Geruch, den, außer ihr, niemand wahrnehmen konnte.

Ungewöhnliche Mahlzeit

Von glaubhaften Quellen wurde übereinstimmend berichtet, dass an einem Winterabend im Dorfgasthaus ein Urahn meines Vaters alle Anwesenden der gemütlichen Runde spontan zu einer Mahlzeit eingeladen habe, wobei sich jeder sein liebstes Gericht wünschen durfte.

Man lachte und amüsierte sich, im Glauben, dies sei nur ein Scherz, doch dem war nicht so. Der Urahn öffnete das Fenster und holte einen Teller nach dem anderen von der Kälte draußen in die warme Stube herein.

Die gewählten Speisen waren von bester Güte und so heiß, wie gerade erst frisch zubereitet. Zum Nachtisch gab es Schalen mit herrlichen, leckeren Kirschen, was damals zu dieser Jahreszeit eine Unglaublichkeit war.

Alle Anwesenden packte zwar das nackte Grauen, aber niemand hatte den Mut aufzustehen, und so aßen sie das dargebotene Mahl, das, zugegebener Maßen, hervorragend mundete.

Zauberbücher

Zur Jugendzeit meines Vaters existierten noch etliche alte, vererbte Bücher mit vielen Sprüchen für jede Gelegenheit, um anderen zu helfen, oder um ihnen Schaden zuzufügen.

Vor allem Letzteres löste bei meiner lieben Großmutter, die ein herzensguter Mensch war, größte Besorgnis aus, und da sie befürchtete, die Bücher könnten einmal in falsche Hände gelangen, hat sie alle vorsichtshalber verbrannt.

Ein besonderer Spruch

Mein Vater hatte sich einen Spruch notiert, von dem es hieß, mit diesem würde man sogar die schlimmsten Blutungen sofort stoppen können. Das war für ihn zwar nicht vorstellbar, aber vielleicht würde sich doch mal eine solche Notwendigkeit ergeben, schaden könnte es jedenfalls nicht, dachte er.

Einige Monate später, er war auf dem Bauernhof seiner Eltern zu Besuch, als ein befreundeter Knecht völlig außer Atem angerannt kam und verzweifelt um Hilfe rief, da sein Arbeitgeber sich soeben schwer verletzt habe und am Verbluten sei.

Natürlich wollte jeder dem Bauern beistehen, und so machten sich die Anwesenden auf den Weg. Mein Vater aber zog sich unbemerkt zurück, um den Spruch und die dazugehörenden Gebete zu rezitieren, alles zusammen ein Zeitaufwand von wenigen Minuten.

Als die Helfer dann beim Bauern ankamen, berichtete dieser aufgeregt, dass die schlimme Blutung soeben, wie von selbst, auf wundersame Weise zum Stillstand gekommen sei, worauf sich selbst der gerade eintreffende Arzt keinen Reim machen konnte.

Das Team des Krankenhauses, in das der Verletzte anschließend eingeliefert wurde, war genauso wenig in der Lage, diese Gegebenheit einzuordnen, betonte aber, allein das schnelle Aufhören der Blutung hätte dem Bauern das Leben gerettet.

Der Beitrag einer Tante

Einen erstaunlichen Vorfall erzählte mir eine meiner geschätzten Tanten, deren 2 Jahre alte Tochter plötzlich, ohne ersichtlichen Grund, in den Nächten andauernd erbärmlich weinte und durch nichts zu beruhigen war.

Bei der medizinischen Untersuchung wurde vergeblich nach möglichen Anhaltspunkten für dieses seltsame Phänomen gesucht. Alle Bemühungen, mit Kräutertee, Einreibungen, anderer Ernährung und Schlafplatzwechsel die Sache in den Griff zu bekommen, brachten keine Besserung.

Meine Tante war dermaßen ratlos und verzweifelt, dass sie sich anschickte, einen verrückt klingenden Rat in die Tat umzusetzen.

Der Vorgabe folgend, erwärmte sie den Morgenurin meiner Cousine in einem Topf und ließ diesen auf einer Wärmequelle stehen. Falls jemand einen mit bösen Machenschaften belegt habe, so hieß es, müsste diese Person jetzt dringend auf die Toilette, ohne sich erleichtern zu können, was einen sehr schmerzhaften Zustand auslösen würde und bei längerer Hitzeeinwirkung schlimme Folgen habe. Der Druck würde dann so stark, dass der Übeltäter sich melden und versuchen muss, etwas auszuborgen, um die Beeinträchtigung mit dieser Abwehrmethode zu durchbrechen, womit er aber auch der schlechten Tat überführt wäre.

Meine Tante wusste nicht so recht, was sie davon zu halten habe, wollte es aber auf jeden Fall ausprobieren und wartete angespannt auf eine Reaktion. Es dauerte eine halbe Stunde, bis es an ihrer Wohnungstür klingelte und die Nachbarin, welche die Wohnung im unteren Stock des Hauses bewohnte, sich einen Kaffee ausleihen wollte. Meine Tante bedauerte, da sie im Moment selbst keinen da habe, wonach die Frau sich höflich entfernte.

Über den Vorfall grübelte meine Tante etwas verunsichert nach, denn dieses Zusammentreffen könnte ja auch reiner Zufall gewesen sein.

Mitten in ihre Überlegungen hinein ertönte erneut die Türglocke. Es war wieder dieselbe Frau und sie fragte diesmal nach einer Packung Mehl. Somit gab es wohl keinen Zweifel mehr, dass die Täterin sich hiermit selbst verraten hatte.

Als meine Tante die Nachbarin mit den Vorwürfen konfrontierte, brach diese in Tränen aus und gab reumütig entsprechende negative Rituale zu, die sie aus persönlichem Neid vollführt habe, weil sie selbst kein Kind bekommen könne. Sie litt inzwischen unter starken Schmerzen und bat flehentlich um Vergebung.

Erst als die Frau versprach, das Kind ab sofort in Ruhe zu lassen, zog meine Tante den Topf vom Herd und gab ihr das erbetene Mehl. Von da an waren die Nächte wieder ruhig und friedlich.

Mein Vater weiß noch etwas

Ein krasser Vorfall, von dem mein Vater berichtete, ereignete sich auf einer Alpe, in deren Keller viele Käselaibe lagerten. Da damals die Lebensmittel knapp waren, musste man sich stets vor Dieben in Acht nehmen, deshalb ging der Senn auch nur ungern ins Tal, um Anstehendes zu erledigen. Aus Vorsicht und für alle Fälle verriet er seinem Hütte-Buben zwei Sprüche. Der erste war ein Spruch zum Bannen, der zweite, um diesen außer Kraft zu setzen.

Der Käser war nicht lange fort, da ertappte der Bub tatsächlich einen fremden Mann im Keller, der sich an einem großen Käselaib zu schaffen machte.

Zutiefst erschrocken sprach er schnell den Bannspruch, woraufhin der Mann regungslos wie eine Statue in seiner augenblicklichen Position, mit dem Messer in der Hand, stehenblieb und sich nicht mehr bewegte.

Der Junge betrachtete diese Szene ungläubig und beschloss, den Dieb, als Strafe für seine Tat, eine Zeit lang in dieser misslichen Lage zu belassen, wobei er nur darauf zu achten hatte, die befreienden Worte vor Sonnenuntergang auszusprechen, da der Gebannte sonst sterben müsste. Irgendwann wurde ihm mit Entsetzen klar, dass er den genauen Wortlaut vergessen hatte, und da die Sonne sich inzwischen schon beträchtlich nach unten neigte, geriet er in große Aufregung.

Er rannte in das Dorf hinunter, um den Senn zu suchen. Diesem gelang es, im letzten Augenblick den Dieb mit dem Gegenspruch aus seiner Starre zu erlösen. Als sie auf der Alpe ankamen, fanden sie im Keller ein zurückgelassenes Messer und einige abgeschnittene Käsestücke. Dem Mann war wohl der Appetit darauf vergangen, er hatte sich aus dem Staub gemacht und wird sich davor gehütet haben, diese Alpe noch einmal zu betreten.

Die Wirkung

Diese Berichte prägten sich tief in mich ein und übten eine besondere Faszination aus, obwohl sie andererseits auch erhebliche Ängste schürten. „Das Unheimliche, Dunkle, Ungreifbare ist in seiner Wirkung nicht zu unterschätzen und absolut präsent", stellte ich fest.

Geschichten meiner Mutter

Ein wohltuender, beruhigender Ausgleich waren die selbst erfundenen Geschichten meiner lieben Mutter. Sie erzählte von Zwergen, die reinen, armen, bedürftigen Menschen helfen, sie reichlich belohnen und ihnen Gutes tun.

Manchmal identifizierte sie sich emotional derartig intensiv mit den positiven Geschehnissen der Märchen, dass ihr vor lauter innerer Berührung die Tränen über die Backen rollten und sie einen Moment nicht weitersprechen konnte, was einen lautstarken Protest meinerseits hervorrief.

Mutters hervorragende Erzählkunst genoss ich immer sehr. Ich fühlte mich eingebettet in eine schöne, lichte, gerechte, heile Welt und nahm den stets glücklichen Ausgang der Geschichten mit großer Freude und Zufriedenheit zur Kenntnis.

Ergebnis

So entstand in meiner inneren Welt eine Mischung aus tiefem Vertrauen in ein freundliches und beschütztes Dasein sowie ein unsicheres und ängstliches Empfinden, was die Existenz einer negativ agierenden Macht betraf.

Letzteres führte dazu, dass es für mich als Kind unangenehm wurde, allein durch einen dunklen Raum zu gehen oder Äpfel und Kartoffeln aus dem düsteren Keller zu holen.

Was war das?

Diese Seite verlor, vom aktuellen, bodenständigen Leben zurückgedrängt, an Einfluss, bis ich im Alter von 23 Jahren unsanft mit dieser Thematik wieder konfrontiert wurde. Eines Morgens, auf dem Rücken liegend, erwachte ich mit schrecklichen Gefühlen der Todesangst, was jede Art von Albtraum weit überstieg.

Ein fühlbar reales Gewicht, ähnlich einer Steinplatte, drückte meinen Brustkorb schmerzhaft zusammen. Etwas Unsichtbares würgte mich, ich rang nach letzter Luft und glaubte zu sterben, bis diese furchtbare Kraft sich entfernte und mich völlig geschwächt zurückließ.

Einige Wochen später wurde ich nochmals von einem in gleicher Art verlaufenden Angriff heimgesucht. Da keine medizinische, psychische oder sonstige Ursache vorlag, empfand ich diese Attacken als äußerst bedrohlich.

Viele Jahre später stellte ich einer Hellseherin die Aufgabe, im Nachhinein diese Ereignisse zu beleuchten. Sie sah als Täter einen Verstorbenen, der mir nahe stand und der mich zu sich holen wollte.

Auf der Suche

Ich fing an, mich vermehrt dem Geistigen, den Geheim-
nissen des Lebens, dem Inneren, dem Unfassbaren zuzuwenden und besorgte mir eine reichhaltige Palette entspre-
chender Literatur auf den Gebieten der Grenzwissenschaft,
Philosophie und Psychologie, wobei ich froh und dankbar
für jede neue Erkenntnis war.

Reflexzonen

Bei einer Veranstaltung lernte ich eine Dame kennen, die mit voller Überzeugung von den großartigen Heilergebnissen der Fußreflexzonentherapie berichtete, was ich nicht nachvollziehen konnte. Sie bemerkte meine Skepsis sofort und machte sich daraufhin erbötig, in ihrem Hotelzimmer mir den Beweis zu erbringen.

Zwar konnte ich mir ein leicht amüsiertes Lächeln nicht verkneifen, war aber bereit, diesen Versuch zu wagen. Das anfänglich wohltuende Gefühl bei der Massagebehandlung wich bald einer unangenehmen Empfindung. Betroffen musste ich zugeben, dass das linke Ohr momentan Probleme bereite, und dann bestätigte ich auch, dass der Magen nicht ganz in Ordnung sei, was die Dame anhand ihrer Fußdiagnostik bereits festgestellt hatte.

Die Vorführung war wirklich bemerkenswert. Man konnte also tatsächlich über die Füße blockierte Stellen des Körpers ausfindig machen und mit Hilfe der Reflexzonentherapie positiv beeinflussen.

Ich war überzeugt, integrierte die Methode in mein Leben und ergänzte sie mit der Reflexzonenmassage an Händen und Ohren, was sich als überaus hilfreich und effektiv erwies.

Energiekörper

Um alle Zusammenhänge besser verstehen zu können, dehnte ich meine Recherchen weiter aus und staunte über die Existenz feinstofflicher Körper, mit der Ausstrahlung, der sogenannten Aura, ihren Energiezentren, die als Chakras bezeichnet werden, und die im Körper verlaufenden, energetischen Bahnen, die man Meridiane nennt.

Auf diesen befinden sich bestimmte Energiepunkte, im Zustand des freien Flusses, der Fülle oder der Leere, wo dann die Heilmethoden der Akupunktur, Akupressur oder Moxibustion, durch Setzen eines Reizes, ihre Anwendung finden, um das gesunde Gleichgewicht wieder herzustellen. Mit diesem neuen Wissen fing ich an, meinen Körper von einer anderen Warte aus zu betrachten.

Störzonen

Ein älterer Mann, der im Geburtsort meines Vaters wohnte, war dafür bekannt, dass er Wasseradern und ungesunde Erdstrahlen aufspüren konnte.

Bei einem Besuch demonstrierte er die Arbeitsweise mit Wünschelrute und Pendel. Seine Empfehlung einer Versandfirma, bei der man diese und ähnliche Utensilien erhalten könne, griff ich interessiert auf. Von dort besorgte ich entsprechende Arbeitsgeräte und deckte mich mit fachlichen Unterlagen ein.

Versuchsweise wandte ich mich der Umsetzung in meinem Wohnbereich zu, was recht gut funktionierte und eine notwendig erscheinende örtliche Veränderung meines Bettplatzes nach sich zog, wonach sich die Schlafqualität tatsächlich merklich besserte.

Heutzutage kann man sich an Baubiologische Berater wenden, die mit bestem Equipment ausgestattet sind.

Zur weiteren Verbesserung des Wohnklimas achtete ich zusätzlich auf Vermeidung von Elektrosmog, großen Spiegelflächen und ungünstigen metallischen Materialien, was der Qualität des Wohnens spürbar gut tat.

Noch mehr

Die kontaktierte Versandfirma führte zusätzlich eine große Auswahl lesenswerter Bücher über Ernährung, Yoga und spirituelle Themen. Mit ungebremstem Wissensdurst startete ich eine lesereiche Periode und abonnierte die einzige mir damals bekannte Zeitschrift, die sich mit diesen Bereichen befasste.

Unerwartete Aussagen

Im neu erworbenen Magazin entdeckte ich einen sehr lobenden Artikel über eine Wahrsagerin. Meine Neugier war geweckt, ich wollte unbedingt mehr über meine zukünftigen Aussichten erfahren, so nahm ich mit der Dame telefonisch Kontakt auf. Sie benötigte für die Auswertung ein Foto von mir und mein Geburtsdatum, was ich ihr zusammen mit dem Honorar zusandte.

Meine Geduld wurde auf eine harte Probe gestellt, denn ihre Antwort ließ lange auf sich warten und der hoffnungsvolle Gang zum Briefkasten endete täglich mit einer Enttäuschung. Die Zeit schien endlos, bis ich ihre mehrere Seiten umfassende Stellungnahme zusammen mit dem retournierten Bild in den Händen hielt.

Mit Erstaunen las ich die Beschreibung einiger früherer Leben von mir und ihre Sicht meiner Zukunft, wobei ich mich absolut gläubig mit dem dargebotenen Text identifizierte, zumal mir der Inhalt ihrer Aussagen gut gefiel.

Anhaltspunkte

Das mit früheren Existenzen ließ mir keine Ruhe, also bot sich für mich ein intensiver theoretischer Einstieg in die führenden Religionslehren an, wo ich meinen Fokus auf Hinweise über Wiedergeburt richtete. Es fanden sich tatsächlich entsprechende Stellen über Reinkarnation, welche den Wahrheitsgehalt der Behauptung untermauerten.

Diese Vorstellung hatte für mich etwas Logisches. So könnte man in dem vielen Leid und den Ungerechtigkeiten auf der Erde eventuell einen Sinn erkennen. Wenn man in einem vorherigen Leben eine Untat begangen hat, müsste man diese vielleicht in einem nächsten Leben auf ähnliche Weise abbüßen, um diese auszugleichen und daran zu lernen.

Konsequenz

Ich beschloss, mich noch etwas mehr anzustrengen, um in diesem Leben eine gute Saat zu säen, da die unvermeidliche Ernte irgendwann auf mich zukommen würde.

Ein suchender Rückblick auf mein aktuelles Leben zeigte mir einige unverarbeitete Konflikte, die auf positive Umwandlung warteten. Also bemühte ich mich, erlebtes Unrecht als Retourkutsche für vermutlich zuvor begangene Fehler von mir zu sehen und deswegen auch anzunehmen. Die Täter waren vielleicht nur die Überbringer meiner Ernte. Durch diese neu erworbene Sichtweise fiel mir Vergebung relativ leicht und ich fühlte mich entsprechend besser.

Eine nützliche Methode

In jener Zeit wandte ich mich der autosuggestiven Methode des Autogenen Trainings zu, welches von Dr. Johannes H. Schulz für therapeutische Zwecke entwickelt wurde.

Die Grundstufe bietet sehr effektive Techniken zur Entspannung und formelhaften Vorsatzbildung. Man tritt bewusst in einen beeinflussenden Kontakt mit dem Unterbewusstsein. Die Übungen sind leicht zu erlernen, wirksam und bei nur kurzem Zeitaufwand eine große Hilfe.

Die Oberstufe führt im erreichten Zustand der Entspannung durch verschiedene bildhafte Abenteuer- & Entdeckungsreisen in die innere, verborgene Welt, hin zu sich selbst. Das Unterbewusstsein ist aufgefordert, unbewusste Ängste und Konflikte aufzuzeigen, die man dann einer Lösung zuführen kann, was der eigenen Weiterentwicklung und Persönlichkeitsbildung zu Gute kommt. Nach regelmäßigem, fleißigem Üben stand mir so eine hilfreiche Methode zur Verfügung.

Erstaunliche Möglichkeiten

Es folgte zur Ergänzung ein interessanter Abstecher in die Welt der medizinischen Hypnose. Diese bietet unglaubliche Möglichkeiten der gezielten Einflussnahme, um seelische und körperliche Leiden zu lindern, sogar zu beheben.

Man kann es kaum glauben, dass diese uralte Methode sogar bei Operationen, statt der üblichen Anästhesie, erfolgreich eingesetzt wird. Auch eine Behandlung beim Zahnarzt lässt sich damit locker und schmerzfrei überstehen.

Die Gedankenkraft und auch das gesprochene Wort zeigten sich mir als mächtiger schöpferischer Faktor des Lebens, und so nahm ich mir vor, sorgfältiger und bewusster damit umzugehen.

Heilenergie

Aufmerksam verfolgte ich Berichte über eine Heilkunst, in der die universelle Lebenskraftenergie kanalisiert und zur Selbst-, Fremd- und Fernbehandlung genutzt werden kann. Es handelt sich um Reiki, eine alte, von Dr. Usui, Leiter einer christlichen Priesterschule in Japan, wiederentdeckten Methode zur Heilung von Körper, Seele und Geist, die sich aus einer Kombi von Formeln und Symbolen zusammensetzt.

Da ich meinen Familienmitgliedern stets gerne die Füße massiert habe, kam mir der Gedanke sehr entgegen, dass durch meine Hände heilende, reine, göttliche Energie fließen würde, je nach Bedarf des Empfängers.

Ein nachhaltiges Seminar

Ich buchte den 1. Kurs bei einer Reiki-Meisterin und Heilpraktikerin, die dieses Heilsystem in Amerika von der direkten Meisterlinie übertragen bekam und in Deutschland einführte. Als Ausbildungsort fungierte ein ländliches Hotel, wobei für Übernachtung und vegetarische Vollpension ein günstiger Sonderpreis vereinbart war. Es ging zuerst um die Positionen beim Auflegen der Hände und die richtige Reihenfolge, um einen besonders guten Heileffekt bei sich selbst und für andere zu erzielen. Dies wurde reichlich geübt und durch Belehrungen ergänzt.

Das Herzstück waren 4 Einweihungen, welche der Reinigung, vor allem des Kronen-Chakras, dem obersten Energiezentrum am Kopf, dienen. Mit der Wirkung, dass Blockierungen ebenso wie energetische Verschmutzungen sich dadurch lösen und die göttliche Energie wieder ungehindert ein- und durchfließen kann. Dann würde die Energie in den Händen als heilende Energie unbegrenzt und jederzeit zur Verfügung stehen, hieß es.

Für die Manifestation lernte man ein bestimmtes, mit der Hand auszuführendes Zeichen, welches zusammen mit einer dreimal hintereinander zu intonierenden Formel anzuwenden war. Die Einweihungen fanden in einem gesonderten Raum in feierlicher Atmosphäre statt, wozu die zarte Musikuntermalung, der angenehme Raumgeruch und die festliche Robe der Reiki-Meisterin einen nicht unerheblichen Beitrag leisteten.

Man nahm in einer Gruppe von 4-5 Personen auf nebeneinander stehenden Stühlen seinen Platz in aufrechter Sitzposition ein und schloss auf Geheiß die Augen. Die Meisterin stellte sich der Reihe nach hinter jeden Schüler, um durch Ausführung bestimmter, nicht einsehbarer Zeichen über den Chakras den freien Energiefluss zu ermöglichen.

Dann zeichnete sie das Verstärkungssymbol unsichtbar in die dominante Hand des jeweiligen Schülers ein. Am Ende der Kraftübertragung blies einem die Reiki-Meisterin den Duft der edlen Räucherung zu.

Deutlich spürte ich das Einfließen von guter Energie in mein oberstes Chakra, schon bei der Einweihung anderer vor mir. Es schien, als wäre der ganze Raum von dieser lichtvollen, segensreichen und reinigenden Schwingung erfüllt, und ich empfand tiefe Dankbarkeit.

In der Gruppe herrschte ein angenehmes Empfinden innerer Verbundenheit. Dies war besonders deutlich zu spüren, wenn der große Kreis gebildet wurde. Man gab sich die Hände, achtete auf gebende und nehmende Hand, vertiefte sich in die wunderschöne Musik und ließ die sehr gefühlvoll gesungenen Wiederholungen eines Mantras, zu Ehren Gottes, auf sich wirken.

In einem kleinen Nebenraum hatte man die Möglichkeit, diverse Bücher und Edelsteine zu erwerben, wobei eine bekannte Expertin zwecks kostenfreier Beratung zur Verfügung stand.

Die Reiki-Meisterin erfreute uns noch mit kleinen, seltenen Herkimer-Kristallspitzen, die sie uns zum Abschluss als Geschenk überreichte. Eine Urkunde bestätigte, dass ich den 1. Grad im Usui-System des Reiki erhalten hatte. Ich war sehr glücklich darüber und konnte es kaum erwarten, meine neu erworbenen Fähigkeiten zu Hause anzuwenden.

Fortsetzung

1 Jahr später erwarb ich bei der gleichen Reiki-Meisterin den 2. Grad im Usui-System des Reiki. Seminarort war ein nobles Hotel an der Peripherie einer Großstadt. Diesmal lernte ich die Fern- und die Mentalbehandlung, wodurch man befähigt wird, das gedankliche sowie das emotionale Gleichgewicht bei sich und anderen Menschen wieder herzustellen. Dafür musste man 2 neue Heilsymbole mit der verbundenen Wortfolge auswendig lernen, was bei einem langen Zeichen nicht ganz einfach war.

Es handelte sich wieder um vertrauliche Informationen, die, zum Schutz vor Missbrauch, nur mündlich weitergegeben werden durften. Inzwischen hat man das Geheimnis in Büchern etc. öffentlich gemacht. Die Symbole können aber nur durch den persönlichen Kontakt eines autorisierten Reiki-Meisters übertragen und aktiviert werden.

Reiki kann in positiver als auch in negativer Richtung seine Wirkung entfalten, erklärte die Reiki-Meisterin und warnte vor egoistisch motivierten Anwendungen. Eine demütige, verantwortungsvolle und mitfühlende Handhabung dieser Heilmethode legte sie uns eindringlich nahe.

Es erfolgten 2 Initiationen, die sich von der Abfolge her wie beim 1. Kurs gestalteten, wobei ich das sanfte Einfließen der heilenden Energie wieder wahrnahm. Zusätzlich wurden Informationen über eine Farbheilmethode geboten, deren Folien käuflich zu erwerben waren.

Zum Abschluss des qualitativ wieder sehr souverän geführten Kurses lud die Reiki-Meisterin alle auf ein Essen im Hotel ein, was einen positiven Anklang fand. Von dieser Reiki-Meisterin sind empfehlenswerte Bücher, darunter ein in 10 Sprachen übersetzter Bestseller, und einige CDs im Handel erhältlich. Sie gibt auch einen Newsletter heraus, in dem sie ihre Schüler/innen über Neuigkeiten und Termine informiert.

Ein offener Wunsch

Meinen großen Wunsch, einmal selbst Reiki-Meisterin zu werden, stellte ich auf unbestimmte Zeit zurück, da für die Ausbildung und Einweihung der stolze Betrag von 20.000 DM veranschlagt war.

Es wurde argumentiert, man wolle damit gewährleisten, dass wegen der hohen Gebühr nur solche Menschen diesen Weg wählen, die das, was sie dadurch erhalten, wirklich wertschätzen und bereit sind, diesen hohen finanziellen Ausgleich dafür zu geben. Außerdem bekäme man diesen Betrag bei der ersten selbst durchgeführten Meistereinweihung wieder herein.

Da ich diese Methode aber nur innerhalb der Familie ausüben wollte, war diese Ansicht für meine Position nicht stimmig.

In früheren Zeiten

Damals weihten geistige Lehrer und Meister ihre Schüler nur dann ein, wenn sie sich zuvor von deren innerer Reife und charakterlichen Integrität eingehend überzeugt hatten. Diese weise Voraussicht war der bestmögliche Schutz für das weitergegebene Geheimwissen.

Schädliche Energien

Eine anschauliche Lektion zu diesem Thema erhielt eine Bekannte, die verzweifelt bei mir anrief. Sie war erkrankt und deswegen bei einem Reiki-Meister in Behandlung, der offenbar eine etwas erweiterte Version dieses Heilsystems anbot. Nicht nur ihr, sondern auch anderen Klienten bzw. Schülern dieses Mannes, mit denen sie sich in Verbindung gesetzt hatte, ging es nach den Einweihung und Behandlungen täglich deutlich schlechter. Die erhaltene Energie wirkte sich eindeutig negativ aus.

Nach einer Rücksprache mit meiner Reiki-Meisterin stellte sich heraus, dass dieser Mann bei ihr den Kurs besucht und die Meister-Einweihung erhalten hatte. Sie war über die Klagen entsetzt und versuchte, ihren ehemaligen Schüler zu erreichen und ihm ins Gewissen zu reden.

Mit 2 weiteren, angesehenen Reiki-Meistern stellte sie sich daraufhin kostenfrei zur Verfügung, die Geschädigten durch eine Einweihung ihrerseits von den schlechten Energien zu befreien. Diese Vorkommnisse machten mich etwas stutzig. Wie konnte es sein, wenn die reine, göttliche Energie einfließt, für die man nur als leitender Kanal fungiert, sie dann aber als belastete Energie austritt?

Vielleicht verhält es sich ähnlich wie bei Wasserleitungsrohren, wobei sich das durchfließende Wasser mit Verunreinigungen und Bestandteilen des Rohres belädt.

Könnte es also sein, dass bei einer Heilbehandlung auch charakterliche Defizite des Anwenders übertragen werden? Das war sicher ein Einzelfall, beruhigte ich mich, und so gewann mein positiver Glaube wieder einmal die Oberhand.

Fortgeschrittene Heilmethoden

In einer spirituellen Zeitschrift fiel mir eine Anzeige auf, in der eine Reiki-Zusatzausbildung mit dem Titel „Fortgeschrittene Heilmethoden" angeboten wurde.

Das hörte sich vielversprechend an und ich erhoffte mir eine Erweiterung meiner Möglichkeiten. Also meldete ich mich an und erreichte pünktlich das Seminarhaus in der Nähe der belgischen Grenze. Augenscheinlich waren alle Anwesenden gerade aufgestanden und noch mit dem Aufräumen der Schlafsachen sowie der Morgentoilette beschäftigt. Überall hingen Bilder von Osho, einem geistigen Lehrer, dessen Ansichten sie wohl vertraten. Meine Gastgeber waren relativ jung, einige turtelnde Pärchen, die hier in einer Wohngemeinschaft zusammen lebten. Aufmerksam konzentrierte ich mich aufs Eintreffen weiterer Teilnehmer, aber scheinbar hatte nur ich dieses Seminar gebucht, es kam jedenfalls niemand mehr dazu.

Das Warten hatte ein Ende, und es ging, zusammen mit den Hausbewohnern, in den kleinen, aber festlich gestalteten Kellerraum. Der Hauptkern der Ausbildung lag im meditativen Bereich, was nicht weltbewegend war und mit Reiki wenig zu tun hatte, aber durchaus Bewegung in blockierte Strukturen bringen konnte. Das Seminar ermöglichte klärende Erfahrungen und holte verdrängte Inhalte nach oben, sodass sich mein Aufwand doch gelohnt hatte, nachdem mir anfangs manche Zweifel gekommen waren.

Inzwischen trafen noch einige mit meinen Gastgebern befreundete Leute ein. Die Plätze um den langen Esstisch bevölkerten sich und anregende Gerüche kurbelten meinen Appetit an. Unter diesen Umständen nahm ich die freundliche Einladung, mich an der Mahlzeit zu beteiligen, gerne an, um danach wohlgenährt und mit einer Urkunde im Gepäck den Heimweg anzutreten.

Ein Reinfall

Das Inserat einer anderen Reiki-Meisterin, in welchem sie Reiki-Einweihungen und -Fortbildungen anbot, nahm ich zum Anlass, sie wegen der Meister-Einweihung zu befragen, und tatsächlich bot sie mir diese an. Wir vereinbarten einen Einzeltermin für die Einweihung und sie betonte, sie arbeite ohne festgesetztes Honorar, auf freiwilliger Spendenbasis. Ich ging erfreut auf dieses Angebot ein.

Die Dame empfing mich nach mehrmalig vergeblichem Läuten verschlafen und unvorbereitet. Ihre Wohnung befand sich in einem Mehrfamilienhaus einer Neubausiedlung. Ich möge Platz nehmen, sie kümmere sich gleich um mich. Ich packte meine Geschenke aus, dazu das Kuvert mit einer reichlich bemessenen finanziellen Spende als Ausgleich für den Einweihungstag. Endlich erschien die Dame in Tageskleidung. In öder Laune fing sie einen Monolog an, berichtete über ihren Reiki-Meister, mit dem sie zusammengelebt habe, von dem sie aber furchtbar enttäuscht und schlecht behandelt worden sei.

Ihre wenig erhebende Lebensgeschichte folgte in ausladender Weise, und so verging die für Wichtigeres vorgesehene Zeit. Vergeblich wartete ich auf die Einweihung. Die Situation entbehrte jeglicher positiver Ausstrahlung und war für mich drückende Last. Ich litt vor mich hin und versuchte, meine Contenance zu bewahren.

Schließlich kam sie zum Hauptpunkt ihrer Rede, indem sie meinte, dass ich sicher Interesse an ihren Seminaren und den darauf folgenden Reiki-Einweihungen hätte, ich möge mich schnellstmöglich anmelden, am besten jetzt, natürlich sei alles mit den üblichen Kosten verbunden. Damit war das Ende der Zusammenkunft erreicht. Unter Wahrung der Höflichkeit verließ ich zusammen mit meinem Spendenkuvert frustriert, aber auch erleichtert diesen Ort der Qualen.

Ein weiterer Versuch

Das Projekt Reiki-Meisterin war, trotz allem, immer noch nicht abgehakt, und so versuchte ich einen neuen Anlauf. In der Schweiz, unweit von einem Feriendomizil entfernt, ergab sich eine solche Möglichkeit bei einer durch diverse Artikel in einschlägigen Zeitschriften bekannten Meisterin. Wir einigten uns telefonisch auf einen Einweihungs-Termin. Zuvor wollte sie von ihren hellsichtigen Fähigkeiten Gebrauch machen, um sich zu vergewissern, dass bei mir die nötigen Voraussetzungen vorhanden wären. Wenn ja, würde die Einweihung anschließend erfolgen.

Die Autofahrt zog sich unerwartet in die Länge, die kurvenreiche Straße schien kein Ende zu nehmen. Endlich war der Höhenort erreicht und die Adresse entpuppte sich als schönes, neu erbautes Haus. Ich wurde schon erwartet: 2 kleine Kinder mit ihrem Papa musterten mich von oben bis unten und riefen nach der Mama, die mich in den Kellerraum der Villa führte. Dieser zeigte sich geräumig, mit hellem Naturholz ausgekleidet, bestückt mit Liegen und anderen Behandlungselementen sowie spirituellem Raumschmuck. Ich nahm Platz und die Reiki-Meisterin konzentrierte sich auf mich, um die Infos zu erhalten. Sie studierte meine Aura und machte Bemerkungen über bestimmte Farben und Muster. Sie kam zu dem Schluss, dass ich für die Einweihung ihrer Meinung nach die nötigen Gegebenheiten mitbringen würde.

Sie teilte mir darauf ihre Reiki-Gruppentermine für das nächste Jahr mit und beendete das Treffen. Von der anschließend zu erfolgenden Einweihung war keine Rede mehr. Für diese Sitzung, die mir überhaupt nichts gebracht hat, war eine relativ hohe, im Vorfeld nicht erwähnte Gebühr fällig. Verärgert zog ich ab und beließ es bei dieser Begegnung.

Spenden erwünscht

Eine andere Einstellung, den Ausgleich geistiger Leistungen betreffend, lernte ich in einem großen, überkonfessionellen Seminarzentrum im Schwarzwald kennen, zu dem auch eine Zweigstelle in Berlin gehörte, die vor allem für kostenfreie Gebetshilfe und Versandabwicklung zuständig war.

Außer für die Übernachtung und das vegetarische Essen im Hotel basierte die Entlohnung auf Spendenbasis. Dies betraf alle Kurse, Seminare und Vorträge. Jeder Teilnehmer bzw. Zuhörer erhielt ein Kuvert, in das er anonym den Geldbetrag hineinlegen konnte, der für ihn stimmig war. Manche gaben großzügig, andere konnten nichts oder nur wenig beitragen, irgendwie glich es sich aus. Auch finanziell ärmeren Menschen stand somit die ganze Palette der Angebote uneingeschränkt zur Verfügung.

Spirituelles Wissen sei gottgegeben und unverkäuflich, hieß die Prämisse der Leitung. Dies erstreckte sich auch auf die vielen ausgezeichneten, in zahlreichen Ländern der Welt verbreiteten Tonträger, auf denen sich der Leiter des Zentrums wesentlichen Lebensthemen widmete.

Da er ein besonders energiegeladener und begabter Redner war, füllte er die Kassetten nicht nur mit Weisheit und sinnvollen Erzählungen, sondern auch mit Lebendigkeit, sodass man gerne zuhörte, was für die eigene Entwicklung einen positiven Anreiz und entsprechend großen Nutzen brachte.

Eine Besonderheit des Seminarzentrums war der Lichtraum, was damals ein wahrlich revolutionäres Angebot darstellte. Übergangslos aneinandergereihte Auszüge klassischer Musikstücke mit weichen, berührenden Tönen wurden mit reinen, farbigen Lichtschwingungen kombiniert, wobei der Raum in einander übergehende Farben getaucht war.

Hierher konnte man sich zurückziehen, alles auf sich wirken lassen und zur inneren Ruhe finden. Als weiteres Angebot stand ein Shop zum Schmökern zur Verfügung, in dem man weiterführende Literatur, Tonträger und schöne Poster erwerben konnte.

Heute, etwa 30 Jahre später, existieren das Seminarhotel und die Niederlassung in Berlin immer noch, was beweist, dass man auch mit einem finanziell großzügigen System dauerhaft erfolgreich sein kann.

Selbstverwirklichung

Eine überaus wertvolle Bereicherung für mich waren und sind die Lehrbriefe von Self-Realization Fellowship, einer Gemeinschaft der Selbstverwirklichung, die Paramahansa Yogananda, einer der wichtigsten spirituellen Persönlichkeiten des 20. Jahrhunderts, der Menschheit hinterlassen hat.

Sie helfen, Wahrheiten, von denen alle großen Religionen durchdrungen sind, zu verstehen. Es geht um Toleranz, Mitgefühl, Weisheit und Brüderlichkeit. Um dem Göttlichen näher zu kommen, erlernt man verschiedene Techniken und den Kriya-Yoga, der einer der schnellsten Wege zum Herzen Gottes darstellt und dessen Anwendung durch eine Einweihung initiiert wird.

Die Lehren sind universell, überkonfessionell, von allumfassender Liebe und tiefem Glauben erfüllt. 1,5 Jahre lang erhielt ich 2-wöchentlich die angebotenen Lehrbriefe, wobei empfohlen wurde, die erlernten Übungen täglich zu absolvieren.

Ein Ordner füllte sich mit wertvollen Unterlagen, wobei man ausschließlich Porto und Selbstkostenpreis für das Material bezahlen musste. Zusätzliche Spenden wurden dankbar genommen. Bestellung und Abwicklung erfolgte über Amerika, die Skripten erhielt ich in deutscher Sprache. Die Kriya-Yoga-Einweihung ist auch in Deutschland möglich, doch erst nach vorherigem schriftlichen Ansuchen und der Überprüfung des Gelernten.

Die Feierlichkeit erfolgte in einem großen Saal einer nahe gelegenen Großstadt auf Spendenbasis und war ein feierlicher und berührender Moment im Kreise ähnlich gesinnter Menschen. Ich hatte das Gefühl, von der Gnade Gottes getragen zu sein.

Von Yogananda, der in Indien zur Welt kam und in Amerika gelehrt hat, sind wunderbare Bücher erhältlich, die in viele Sprachen übersetzt wurden und eine wichtige Quelle für Wahrheitssucher darstellen.

Ein jedes Jahr neu erscheinender Kalender präsentiert eine Auswahl seiner wegweisenden Sprüche, ergänzt durch sehenswerte Bilder. In regelmäßiger Folge wird der Kalender mit Goldmedaillen ausgezeichnet und kann im Buchhandel erworben werden.

Das berühmteste seiner Bücher ist „Autobiographie eines Yogi", das weltweit zu den 100 besten spirituellen Büchern gezählt wird.

Heilung, oder doch nicht?

Wegen eines Ganglions am Handgelenk machte ich mich auf den Weg zu einem empfohlenen Heiler. Eine imposante Jesus-Statue bildete den Blickpunkt im Wartezimmer, weitere religiöse Sammlerstücke schmückten den Behandlungsraum.

Der Heiler & Therapeut zeigte sich freundlich, zutraulich und gottergeben. Nach Anamneseerhebung und auflockernden Witzchen seinerseits folgte nach der Injektionsbehandlung eine Heilmeditation im Sitzen, die von einer beruhigenden Musik begleitet wurde, wobei ein angenehmer Energiefluss zu spüren war.

Kurze Zeit später verschwand das Ganglion sang- und klanglos, ohne weiteres Zutun. Dieser Umstand löste im Laufe der Zeit etwaige Bedenken auf und das Spielen mit der Gitarre wurde wieder aktuell, was zur Folge hatte, dass das Ganglion abermals in Erscheinung trat.

Mein Entschluss stand fest: Ich konsultiere nochmals den Heiler. Die Einrichtung seiner Räume war wie zuvor, aber der Mann schien sich verändert zu haben. Er roch nach Alkohol, verhielt sich angriffslustig und laut, bezeichnete mich mehrmals als „Arschloch".

Die Heilmeditation fand statt, jedoch ohne spürbare Wirkung. Diesmal fühlte sich das Ganglion nicht mehr angesprochen und blieb in voller Ausdehnung erhalten.

Ein Versuch

Über ein neu entstandenes Überbein am Knie meines älteren Sohnes machte ich mir Gedanken und erhielt einen Tipp. Ein philippinischer Geistheiler würde sich für kurze Zeit in einer bekannten Stadt unweit unseres Wohnortes aufhalten und könnte ihn eventuell von diesem Übel befreien. Den Versuch wollten wir wagen, zumal über diese Methode, einer Operation ohne Messer, schon des Öfteren zu lesen war.

Der Termin fand in einer Privatwohnung mit gehobenem Interieur statt, wo sich auch andere Klienten versammelt hatten, da hieß es, einiges an Zeit einzukalkulieren. Eine elegante Dame, in deren Räumen wir uns offenbar aufhielten, kümmerte sich um die kostenintensive, finanzielle Seite und schien mit dem Heiler persönlich sehr vertraut zu sein.

Die Therapie begann. Man legte sich mit dem Rücken auf eine Liege und stellte sich auf die zu erwartende Heilung ein. Begleitet von einem selbstsicheren, freundlichen Lächeln begann der relativ junge Mann mit seinem Eingriff. Die manuelle Bearbeitung des rechten Knies beschrieb mein Sohn als unangenehm und ziemlich schmerzhaft. Der Heiler demonstrierte blutige Stücke, die er mit seinen Händen aus dem kranken Teil herausgezogen haben will. Er könne problemlos durch die Räume zwischen den Zellen in die Tiefen des Körpers zu den Stellen negativer Energie vordringen und diese beseitigen.

Die Behandlung war kein Vergnügen und von einem sichtbaren Erfolg war nicht das Geringste zu bemerken. Nur die hervorgerufenen Beschwerden hielten noch an, sodass eine weitere, vom Heiler empfohlene Terminierung nicht mehr in Frage kam.

Unheil

Ein berühmter Heiler aus Amerika komme nach Deutschland. Wahre Wunder wurden über ihn berichtet. Da muss man unbedingt hin, dies sei ganz wichtig für das seelische Wachstum, hieß es. Obwohl ich unter keiner drückenden Krankheit litt, nahm ich den weiten Anfahrtsweg für meine in Aussicht gestellte innere Entwicklung in Kauf. Der Auftritt des Heilers fand in einem angesehenen Hotel statt. Für die Veranstaltung stand ein Saal zur Verfügung, davor wurde ein Stand mit seinen heilenden Pflegeprodukten aufgebaut, die man anschließend kaufen konnte.

Der große Behandlungsraum war mit etwa 30 Liegen ausgefüllt. Es versammelte sich ein gemischtes Publikum, viele Kranke, in der Mehrzahl weiblich. Jeder nahm seinen Platz ein und versuchte, sich auf dem Rücken liegend zu entspannen. Der Mann mittleren Alters, charmant und umschwärmt, betrat mit seiner Gefährtin den Saal.

Man schloss die Augen, er ging von Liege zu Liege und begann mit seinen Heilungen. Durch die Vielzahl der Leute dauerte es sehr lange, bis er wieder bei mir vorbei kam und ich aufstehen konnte.

Vor Beginn der Prozedur fühlte ich mich gut, war bester Laune und voller Zuversicht. Dass sich etwas massiv zu meinen Ungunsten verändert hatte, spürte ich, als ich den Saal verließ. Ich litt plötzlich unter starken Augenschmerzen, was ich bis dahin nicht kannte. Meine Psyche befand sich in einem außergewöhnlich schlechten Zustand und schien völlig aus dem Gleichgewicht geraten zu sein.

Eine Heilung irgendwelcher Art hatte bei mir wohl nicht stattgefunden, im Gegenteil. Der Heiler könnte möglicherweise nach dem Öffnen meiner energetischen Eintrittspforten vergessen haben, diese wieder sachgerecht zu schließen, sodass im Raum freigesetzte, negative Energien in mir eine neue Wirtin finden konnten.

Auf jeden Fall nahm ich mir vor, mich auf so ein Experiment nie wieder einzulassen. Ich mühte mich etliche Stunden ab, um wieder annähernd in meine Mitte zu gelangen und die Augenbeschwerden loszuwerden, was mir schließlich gelang.

Am nächsten Tag hatte ich 5 Stunden Zeit, um mir auf der Rückfahrt diesen teuren und für mich absolut unnützen Ausflug zu verzeihen.

Sicht ohne Licht

Eine international bekannte amerikanische Autorin, Hellseherin und Heilerin macht einen Abstecher nach Deutschland. Wer diese Chance nicht nützt, versäumt etwas, wurde suggeriert. Ich buchte den 1. Termin am Vormittag.

Als ich nach knapp 2 Stunden Autofahrt rechtzeitig beim angegebenen Privathaus in einem ländlichen Ort ankam, hieß es, ich müsse mich noch gedulden, die Dame sei noch nicht aufgestanden.

1 Stunde später erschien sie endlich und bat mich in ihr Zimmer. Leider gelang es ihr dort auch nach über 15 Minuten nicht, sich ausreichend zu konzentrieren, sodass sie einen mitgereisten Kollegen zur Unterstützung holen musste. Was sie danach in der noch verbliebenen Zeit erzählte, war so nichtssagend, dass ich locker hätte darauf verzichten können.

Trotz der dürftigen Leistung war das volle Honorar zu bezahlen. Ich machte mich übel gelaunt auf den Rückweg und habe nachträglich noch ihr angepriesenes Buch erworben, das allerdings genauso wenig geboten hat.

Schlechter Beginn

Die mir bekannte Leiterin einer Seminarorganisation wies mich darauf hin, dass sie für kurze Zeit eine besondere Möglichkeit anbieten könne. Es sei ihr gelungen, eine Frau zu gewinnen, die für treffsichere Readings bekannt sei, sie hätte noch 1 Termin frei. Dieser würde 1 Stunde dauern und auf eine Kassette aufgezeichnet werden, die man mitnehmen könne. Ein Großteil des Honorars gehe an ein besonderes Hilfsprojekt, in das die Dame involviert sei. Das hörte sich nicht schlecht an und kam mir gerade recht.

Die gepriesene Frau, geschätzte 50 Jahre alt, kam mit einer anderen Klientin aus dem Sitzungsraum. Sie war stämmig und wirkte burschikos.

Nach einer Pause war ich an der Reihe. Sie musterte mich nicht gerade freundlich und schob meinen mitgebrachten Tonträger in den Rekorder. Scheinbar hatte sie nicht nur Schwierigkeiten, sich auf ihre Tätigkeit zu fokussieren, sondern auch mit meiner Person an sich. Jedenfalls brach sie nach einigen Sätzen abrupt ab, stoppte die Aufnahme und fing an herumzuschreien.

Mit mir könne man nichts anfangen, sie sei nicht in der Lage, diese Arbeit weiter zu führen und müsse sofort den Raum verlassen, vielleicht könne sie danach weiter machen. Sie rauschte hinaus, ich blieb ratlos zurück und konnte keine Erklärung für ihr Verhalten finden. Ich wartete ab, fühlte mich aber entsprechend unwohl.

Es dauerte eine Weile, bis sie wieder kam, sie hatte sich beruhigt und startete einen nächsten Versuch. Jetzt klappte alles reibungslos und am Schluss kam doch noch ein wenig Freundlichkeit mir gegenüber durch.

Die Kassette hörte ich noch öfter an, sie enthielt einige praktikable Anregungen, Ausblicke und Übungen.

Rückschau

In einer spirituellen Zeitung las ich einen Bericht über eine Frau aus Holland, die sich mit Rückführungen in frühere Leben einen guten Namen gemacht hat.

Mein Weg zu ihr führte mich in eine nahe gelegene Großstadt. Sie empfing mich nach 1 Autostunde Fahrt in ihrer Etagenwohnung, die durch einen Hinterhof zu erreichen war. Die Dame wirkte umgänglich und punktete mit seriösem Auftreten.

Auffallend war die einfache, aufs Wesentliche beschränkte Möblierung der Wohnung, was darauf hindeuten könnte, dass sie nicht durchgehend benutzt wurde. Auch der Behandlungsraum enthielt nur das Nötigste, aber alles war sauber und geordnet. Nachdem ich mich auf die Liege gelegt hatte, begann sie mit einer geführten Entspannung, der eine gute, fachgerechte Rückführung folgte.

Diese funktionierte schnell, ich fand mich bildhaft in eine schlimme Leidenssituation zurückversetzt, die wie ein Film ablief und damals zu meinem Ableben geführt hatte. Ich durchlitt die seelischen Qualen und wurde dabei von enormen Weinkrämpfen geschüttelt.

Die Dame bekam diese schwierige Situation in den Griff und es gelang ihr, mich problemlos in die Gegenwart zurückzuholen, wobei es aber noch einiger Zeit bedurfte, bis ich das Erlebte loslassen konnte.

Begegnung

Beim nächsten Termin sollte ich mit meinem verstorbenen Vater Kontakt aufnehmen, über den die Dame im Vorfeld keine Kenntnisse besaß.

Sie entspannte sich und fing an zu berichten, wobei sie ihn in seiner überwiegend getragenen Kleidung genau beschrieb. Es folgte der derzeitige Aufenthaltsort, wie es ihm geht und was er mir mitteilen möchte. Ebenso konnte auch ich, durch die Dame als Mittlerin, mit ihm kommunizieren.

Alles lief so authentisch ab wie zu Lebzeiten. Seine Art und Ausdrucksweise kamen exakt herüber, mein Vater schien absolut präsent zu sein. Ich fühlte mich tief berührt und hatte den Eindruck, dass diese Kommunikation sich in Echtheit abspielte.

Innenwelt

Im Prospekt einer Versandfirma, die sich durch eine interessante Produktpalette hervorhob, wurde die Tätigkeit einer Frau beschrieben, die ihre Fähigkeiten zur Verfügung stelle, um Menschen in ihrem Entwicklungsprozess zu unterstützen. Man erhalte eine eigens besprochene Kassette, wobei auf den Gesundheitszustand, Blockaden der Chakras, der männlichen und weiblichen Seite sowie den momentanen Zustand der Aura eingegangen wird. Dies erfolge anhand prozentualer Angaben und Bildbeschreibungen.

Das gefiel mir gut und ich war von dieser Methode angetan. Die Kosten standen in einem fairen Preis-Leistungs-Verhältnis, und die Dame, mit der ich auch in telefonischem Kontakt stand, empfand ich als angenehm und kompetent. Man konnte zuhause entspannen und sich nebenher ihren Bericht zu Gemüte führen. Die Informationen waren gutes Feedback, man hatte sogar die Möglichkeit, sie weiterzuentwickeln und so selbst aktiv zu werden.

Einmal jährlich bestellte ich ein neues Update, das mir nützliche Rückmeldungen vermittelte. Über ihre letzte Post war ich allerdings nicht erfreut, denn ihr Satz, dass mein Lack jetzt ab sei, kam unerwartet und hat mich hart getroffen. Unglücklicherweise verfolgte mich diese Äußerung wochenlang und schien unverwüstlich und in großen Lettern vor mir zu stehen. Natürlich war diese Feststellung nicht böse gemeint. Mir war aber die Freude an weiteren Bestellungen vergangen.

Ich lernte an diesem Beispiel, wie stark eine negative Bemerkung Einfluss nehmen kann und welche Auswirkungen sie nach sich zu ziehen imstande ist. Danach bemühte ich mich, meine Ausdrucksweise einer genaueren Kontrolle zu unterziehen und abwertend wirkende Äußerungen weg zu lassen oder zu umschreiben, indem ich versuchte, sie in einen positiven Anreiz umzuwandeln.

Verehrung

Hingewiesen auf eine Veranstaltung mit einer indischen Erleuchteten wollte ich mir selbst ein Bild davon machen und entschloss mich, daran teilzunehmen.

Im Vorraum gab es diverse Getränke und leckere asiatische Speisen, im Saal drängten sich viele Leute. Eine aufgeregte Erwartungshaltung war deutlich zu spüren, erweitert durch die stressige Sicherung eines guten Platzes. Es kamen vor allem viele junge Paare mit ihren Kindern, für die sie sich den göttlichen Segen erhofften.

Die Verehrte schritt unter begeisterten Huldigungen der Leute lächelnd durch das Spalier zur Bühne, gefolgt von ihren Vertrauten. Es wurde viel gesungen und rezitiert, dann schob man einen schwer erkrankten, alten Mann in seinem Bett auf die Bühne und bat um Heilung, was wirklich einem Wunder gleich gekommen wäre, denn er schien bereits vom Tod gezeichnet.

Es verging einige Zeit, in der sich die Heilige um den Patienten bemühte. Dann waren alle eingeladen, nach vorne zu kommen und sich von ihr umarmen und segnen zu lassen. Es bildete sich eine große Menschenschlange, die ich mir noch im Vorbeigehen besah, um dann meinen Heimweg anzutreten.

Bei den meisten Anwesenden war ein seliger Gesichtsausdruck zu sehen, als Zeichen devoter Verehrung, wenn nicht sogar Anbetung.

In Trance

Ich hatte 2 sehr aufschlussreiche Bücher eines bekannten Geistheilers gelesen, der sein Können auch auf internationalen Kongressen mit großem Erfolg demonstrierte.

Ihn bezeichnete man als Volltrance-Medium, durch den sich ein verstorbener, berühmter katholischer Heiliger kundtat. Er stelle diesem für Durchgaben seinen Körper zur Verfügung, was deutlich zu sehen sei. Ich freute mich darauf, diesen Mann kennenzulernen.

Nach 2-stündiger Autofahrt erreichte ich das Haus, das sich unauffällig in ein ruhiges Siedlungsgebiet einfügte. Sein bescheidenes Auftreten empfand ich als sehr positiv, die innere Demut war zu spüren. Überall im Raum waren Bilder und auch Statuen des Heiligen. Als ich den Mann genauer betrachtete, fiel mir seine verblüffende äußere Ähnlichkeit mit diesem auf.

Der Heiler versetzte sich in den Trancezustand und ging mit veränderter Stimmlage und plötzlicher Akzentuierung auf meine Anliegen ein, wobei sich gleichzeitig im Raum ein herrlicher Rosenduft verbreitete, dessen Quelle ich nirgends ausfindig machen konnte.

Der besondere Geruch, erklärte mir der Mann danach, sei ein Phänomen, er manifestiere sich immer dann, wenn der Heilige anwesend sei. Für die Audienz wollte er nur eine Spende annehmen.

Nicht angekommen

Einige Monate später bat ich den Mann telefonisch darum, mir eine Kassette zu besprechen, die ich kurz darauf kostenfrei erhielt, da er seine Dienste für gottgegeben ansah und deshalb nicht als erwerbsmäßige Einnahmequelle nutzen wollte. Als Dank schickte ich ihm ein Päckchen mit Geschenken und einem finanziellen Ausgleich.

Da ich verwundert war, von ihm keine Rückmeldung zu erhalten, fragte ich nach und erfuhr, dass bei ihm nichts angekommen sei, genauso wenig wie die Post von anderen Leuten, auf die er wartete.

Er wollte eine Nachforschung einleiten lassen und mir dann vom Ergebnis berichten.

Aufgedeckt

Durch die Kontrolle kam heraus, dass die langjährige Ehefrau seine Post heimlich abfing und den Inhalt für sich behielt. Dieser Umstand hat ihn schwer getroffen und seinen durch die vielen Trancezustände bereits angeschlagenen Gesundheitszustand wesentlich verschlechtert. Er litt unter schlimmen Schmerzen und konnte kaum noch laufen.

Bitter enttäuscht äußerte er sich auch über seinen besten Freund und Weggefährten, mit dem er damals auf heilerischem Gebiet zusammenarbeitete. Dieser hätte sich den finanziellen Gewinnen zugewandt und so seine Heilkräfte verloren, was er vor der Öffentlichkeit aber verbergen würde.

Durchgaben

Der Heiler hat auf medialem Weg Rezepturen für Heilcremen erhalten, die speziell zur Anwendung bei Hauterkrankungen gedacht waren. All diese wurden nach seinen Vorgaben originalgetreu hergestellt und mit Erfolg angewandt. Nach seinem Tod ist die ganze Sache eingeschlafen und die Cremen waren, jedenfalls unter seinem Namen, nicht mehr erhältlich.

In seinen letzten Jahren betreute ihn eine Lebensgefährtin, die Verständnis für ihn hatte und ihn und seine Arbeit unterstützte. Sein Leiden und der frühe Tod machten mich sehr betroffen.

Dieser Mann hatte übrigens vor über 25 Jahren die Einführung des Euro wörtlich vorausgesagt.

Geistheilung in der Praxis

Ein Facharzt, der auch als Geistheiler tätig ist, davon hört man selten. Da ich meinen Urlaub in der näheren Umgebung seines Wohnortes verbrachte, bot sich ein terminierter, informativer Abstecher zu seiner Praxis an.

Viele kranke Menschen bevölkerten dicht gedrängt seine Warteräume, die einen spartanischen, nicht gerade einladenden Eindruck machten. Viele kamen mit gecharterten Bussen von weit her, für sie war diese Adresse die letzte Hoffnung. Wie der Heiler dieses enorme Pensum an hilfesuchenden Menschen bewältigen sollte, war mir nicht vorstellbar. Man bereitete mir einen freundlichen Empfang und unterrichtete mich über seine Arbeitsweise, besondere Kräuterrezepturen und sonstige, für den Heilprozess entwickelte Produkte.

Sein großer Erfolg und die dadurch entstandene internationale Berühmtheit, die eine entsprechend hohe Patientenfrequenz nach sich zog, sei vor allem den umliegend angesiedelten Kollegen ein Dorn im Auge, weshalb er unter schlimmen Repressalien leiden müsse, erzählte er.

Vor einigen Jahren ist dieser Arzt und Heiler verstorben. Er hinterließ seinen Patienten empfehlenswerte, von ihm konzipierte und besprochene Tonträger zur Förderung der Selbstheilung, eine Vielzahl guter Bücher und eine große Palette von Gesundheitsprodukten.

Ferndiagnosen

Auf der Suche nach Erweiterung meiner Kenntnisse entdeckte ich 3 hervorragende, von einer Heilpraktikerin verfasste Taschenbücher. Das Angebot, mir eine Ausarbeitung erstellen zu lassen, fand ich erprobenswert. Dazu schickte ich ihr ein Ganzkörperfoto, bei vorgeschriebenem hellem Hintergrund in einem einfarbigem Kleid, mein Geburtsdatum und das erbetenen Honorar zu.

Zurück kam eine hellsichtige Beschreibung meiner aktuellen Gesundheitssituation, mit Einbeziehung der psychischen Ursachenerhebung, wobei auf einer gezeichneten Figur meine Schwachstellen lokalisiert dargestellt waren, ergänzt durch einige Ratschläge.

Ich war überrascht, dass sie meine Blockaden, die sie mit dunkler Farbe kennzeichnete, erstaunlich gut erkannt hatte, und so hielt ich mich an ihre Empfehlungen, die sich als brauchbar und richtig erwiesen.

Als ich besagte Dame zu einem späteren Zeitpunkt nochmals in Anspruch nehmen wollte, wurde mir berichtet, dass diese nach Spanien übersiedelt sei und nur noch sporadisch zur Behandlung einiger langjähriger Patienten nach Deutschland kommen würde. So war der persönliche Kontakt zwar beendet, doch ihre Bücher dienen mir immer wieder als nutzbringende Nachschlagewerke.

Bestandsaufnahme

In einer Zeitschrift entdeckte ich den beeindruckenden Bericht über ein künstlerisches, spirituelles Zentrum, dessen Leiter anhand eines Fotos in der Lage sei, eine Chakra- und Aura-Analyse zu erstellen. Das hörte sich verlockend an und würde mir sicher brauchbare Hinweise geben. Dieser Annahme folgend entschloss ich mich für eine Auswertung und sandte ihm mein Foto mit beigelegtem Honorar zu.

Das Ergebnis lag mir schnell vor. Seine Aufzeichnungen befassten sich mit dem spirituellen Stand meiner Entwicklung, bezogen auf meine wichtigsten Energiezentren. Ebenso wurde der Reinheitsgrad meiner seelischen und geistigen Einstellung ermittelt. Mein momentaner Gesundheitszustand drückte sich in Zahlen, im Plus- und Minusbereich. aus.

Mit dem angegebenen Reinheitsgrad war ich sehr zufrieden, den beschriebenen Entwicklungsstand hätte ich mir etwas höher angesetzt gewünscht, aber der konnte sich ja im Laufe der Jahre noch entfalten.

Beunruhigt war ich über den Gesundheitswert von minus 4. Der Kommentar dazu lautete, dass sich ein Kind in meiner Aura befände, das es mit mir zwar nicht schlecht meinen, mir aber viel Energie kosten und meine Gesundheit deutlich beeinträchtigen würde.

Man könne mich davon befreien, wenn ich, sobald wie möglich, bei ihrem Zentrum zur notwendigen Bereinigung vorbeikäme.

Begegnung

Natürlich war ich wegen dieser Feststellung sehr beunruhigt und überlegte, was das bedeuten könnte und ob alles der Wahrheit entsprechen würde. Letztendlich siegte die Besorgnis und ich machte mich auf den Weg.

Ein eindrucksvolles Gebäude in Form einer Pyramide zeigte mir, dass ich am richtigen Ort angekommen war. Ein sehenswerter Bau, der für Seminare und Festlichkeiten eine ideale Kulisse bot. Der besondere Standort und alle dazugehörenden Räumlichkeiten und Lehren seien mit dem höchsten geistigen Meister des neuen Zeitalters und dem violetten Strahl verbunden, von ihm durchdrungen, inspiriert und getragen, wie man mir darlegte.

Nach Besichtigung der Pyramidenräume, in denen sich eine heilende Schwingung dauerhaft manifestiert habe, führte mich der gütig und bescheiden wirkende Leiter in ein Nebengebäude, um mit seiner Arbeit zu beginnen. Die Wände dieses Raumes hingen voll mit seinen selbst gemalten Bildern, es zeigten sich hauptsächlich religiöse Themen mit schöner Farbgebung, es waren aber auch unheimliche und dunkel wirkende Darstellungen darunter.

Der Mann bot mir einen Stuhl an, er selbst nahm hinter seinem Schreibtisch Platz. Jetzt wurde es also ernst. Er wolle mit dem Wesen in meiner Aura Kontakt aufnehmen und ihm seinen Körper zur Verfügung stellen, so könne ich mit diesem direkt kommunizieren, er gehe jetzt in einen tiefen Trancezustand.

Mit beklemmenden Gefühlen wartete ich darauf, was auf mich zukommen würde und fing an zu bereuen, dass ich mich zu diesem Schritt entschlossen hatte. Nach einigen Atemzyklen war es soweit: Der Mann schien tatsächlich wie weggetreten und in sich zusammengesunken zu sein, was auf mich ziemlich beängstigend wirkte.

Da fing seine Gestalt wieder an sich zu regen und eine gut hörbare Kinderstimme tat sich durch seinen Mund kund. „Hallo, Mutter!", waren die ersten Worte, die an mich gerichtet wurden. Dieses Wesen bezeichnete sich als mein Kind, es kenne mich schon von früheren gemeinsamen Leben und führte eines davon näher aus. Es habe sich entschlossen, auch in diesem Leben mit mir zusammenzukommen und suchte mich deshalb als Mutter aus. Ich hätte es aber aus der Gebärmutter herausgeschmissen und deswegen sei es in meiner Aura geblieben, weil es mich liebe und nicht von mir weggehen möchte.

Ich war, gelinde ausgedrückt, total geschockt und folgendes Ereignis lief, wie ein Filmabschnitt aus meinem Leben, vor den inneren Augen ab: Im Alter von 24 Jahren suchte ich einen Frauenarzt wegen ungewohnten starken Beschwerden im Unterleib auf. Er machte Untersuchungen und Tests, um mir danach mitzuteilen, dass ich mich in den ersten Wochen einer Schwangerschaft befinden würde, es aber für den Erhalt des Kindes schlecht bestellt sei. Ich möge mich deshalb jetzt gleich für oder gegen die Schwangerschaft entscheiden.

Damals wohnte ich schon mit meinem jetzigen Ex-Mann zusammen, den ich über alles liebte, und obwohl der Zeitpunkt für die Ankunft eines Kindes nicht optimal war, votierte ich für das Kind. Der Arzt gab mir daraufhin einige Spritzen, um die Schwangerschaft zu erhalten und machte mich darauf aufmerksam, dass er zwar sein Bestes gegeben habe, aber nicht für einen guten Verlauf garantieren könne. Falls Blutungen auftreten sollten, müsste ich sofort ins Krankenhaus, eine entsprechende Einweisung gab er mir vorsichtshalber mit.

Einige Tage später realisierte sich spät abends die drohende Prognose. Ich kam mit furchtbaren Schmerzen und stärksten Blutungen ins Krankenhaus.

Die ganze Nacht verbrachte ich in diesem Zustand auf einem Bett im Gang des Spitals, ohne therapeutische Zuwendung zu erhalten. Dafür vergnügten sich der diensthabende Arzt und eine Krankenschwester mit körperlich genüsslichen Aktivitäten, die gut hörbar waren. Am Morgen kam ich in den Operationssaal, wobei eine Ausschabung die körperliche Besserung einleitete.

Wieder in der Gegenwart angekommen, ergriff ich das Wort und entgegnete dem Wesen, dass ich mich doch für sein Kommen bemüht habe, das Kind behalten wollte. Das wisse es wohl, aber ich hätte es geistig nicht im erforderlichen Maß willkommen geheißen, da die Gegebenheiten ungünstig für Zuwachs gewesen wären, und abermals fiel das Wort Mutter. So war es mit meiner Beherrschung endgültig vorbei. Ich weinte bitterlich, denn dies alles hatte mich bis in das Innerste meines Herzens aufgewühlt.

Da kam wieder neue Bewegung in den Mann, es folgten einige Atemzyklen, dann öffnete er die Augen, ließ sich berichten, was vorgefallen war und versuchte, mich zu trösten. Daraufhin nahm er Kontakt mit dem Kind auf und konnte es überzeugen, von mir weg in das Licht zu gehen, um mich nicht mehr zu beeinträchtigen. Ich sicherte dem Wesen meine Liebe zu, habe es anerkannt, gesegnet und dafür gebetet.

Das Ganze war eine tiefgreifende, unglaubliche Erfahrung für mich, zumal der Geistheiler von dem schon lange zurückliegenden Vorfall nichts wusste und ich selbst dieses Ereignis in mein Unterbewusstsein verdrängt hatte.

Das Pyramidenzentrum besteht heute noch, aber der frühere Leiter ist inzwischen verstorben. Es sind jedoch weiterhin die von ihm publizierten Bücher, Tonträger und Malereien erhältlich.

Show-Veranstaltung

Während des Urlaubes auf einer Nordseeinsel entdeckte ich ein großes Werbeplakat. Es handelte sich um die Veranstaltung eines bekannten Hellsehers, dessen Können zu erleben einen Besuch wert sei.

Davon wollte ich überzeugt werden und fand mich, mit vielen anderen Leuten, in einem großen Saal ein, der sich bis zum letzten Platz füllte. Neugierig betrachtete ich den Mann, um die 60, der dunkel gekleidet war und dem eine mysteriöse Ausstrahlung anhaftete, als er mit spürbar geballter Energie eintrat.

Professionell zeigte er eine rasche Abfolge der Präsentationen, die seine Fähigkeiten unterstrichen, so hatte er schon nach kurzer Zeit die Anerkennung des Publikums erworben. In der Pause gab es die Möglichkeit, seine Bücher und einige von ihm entwickelte Utensilien zu kaufen.

Im zweiten Teil der Show konnte jeder Besucher, der eine dringende Frage beantwortet haben wollte, die Hand heben. Daraufhin verteilte der Mann etwa 10 gleich aussehende Briefumschläge, einen davon erhielt ich. Auf das Blatt schrieb ich meine Frage, steckte es wieder in den Umschlag und verschloss diesen. Die Kuverts wurden eingesammelt und gründlich gemischt, woraufhin der Meister einen Brief nach dem anderen öffnete. Er identifizierte nach kurzem Nachdenken den jeweiligen Fragesteller, was ihm fehlerlos gelang, dann wandte er sich der gestellten Aufgabe zu.

Die erhaltene Antwort auf meine Frage hat sich übrigens im Nachhinein als richtig erwiesen. Für seine begeisterten Fans standen noch zusätzliche Einzeltermine im nachträglichen Angebot.

Die Meisterin

Ein euphorischer Anruf hatte die Ankunft einer spirituellen Meisterin zum Thema. Sie käme von einer ganz hohen geistigen Ebene und sei einfach phänomenal, das müsse man erlebt haben. So dachte ich auch und buchte das Seminar, das 1 Autostunde weit von mir an der Peripherie einer Großstadt stattfand.

Hinter einer Wohnsiedlung erreichte ich die äußere Eingangstüre, die in den kleinen, durch eine höhere Mauer abgegrenzten Vorgarten führte. Das ebenerdige Seminarhaus erstreckte sich über 3 Räume, die wenig Platz hergaben, sich aber durchaus einladend darstellten.

Mit mir waren 12 Personen anwesend, man verteilte sich, den gegebenen Begrenzungen anpassend, wobei das Mittelfeld ausgespart blieb. Alle Blicke richteten sich auf die eintretende Meisterin. Ein weites, wallendes Gewand umschmeichelte die körperliche Fülle.

Die Brille irritierte etwas, aber mit ihrem Charme hatte sie sofort gewonnen. Sie glänzte durch ihr breit gestreutes Wissen, ihre liebevolle, gut gelaunte Art und ihre unerschöpfliche Energie, ihr Auftritt war ein echtes Erlebnis. In der Pause, in der leckere Speisen gereicht wurden, verzichtete sie auf ihr Essen und kümmerte sich ausgesprochen mütterlich und mit besonderer Hinwendung um jeden einzelnen Kursteilnehmer. Ich bemühte mich, alle wichtigen Passagen ihrer Belehrungen mitzuschreiben und war von der Fülle des erhaltenen Lernstoffes angenehm überrascht. Hier wurde wirklich etwas geboten.

Eingestreute witzige oder spannende Geschichten sorgten immer wieder für wohltuende Auflockerung. So verging die Zeit wie im Flug und ich freute mich schon sehr auf den Besuch der nächsten Veranstaltung.

Ausweitung

Diese Möglichkeit bot sich in lockerer Folge mit stets anderen, interessanten Seminarthemen. Die gewohnt familiäre Idylle fand jedoch bald ein Ende, da der zur Verfügung stehende Raum nicht mehr ausreichend Platz für die wachsende Zahl der Kursteilnehmer hergab.

Es wurde also expandiert, wodurch die ursprünglich empfundene Wärme und Geborgenheit etwas verloren ging, aber natürlich füllte die Ausstrahlung der Meisterin problemlos auch große Räumlichkeiten. Viele Veranstaltungen wurden im Laufe der Zeit vermehrt in südlichere Regionen und andere Länder verlegt, wodurch für mich eine Teilnahme nur noch selten machbar war.

Mildtätigkeit

Diese Meisterin gründete eine international tätige Hilfsorganisation für Menschen in Not, die vor allem in Krisengebieten aktiv ist. Mit den jeweiligen Projekten möchte sie gemeinsam mit ihren ehrenamtlichen Mitarbeitern erreichen, dass durch Unterstützung und Förderung hilfsbedürftigen Menschen ein würdiges, selbstbestimmtes Leben ermöglicht wird.

Nach diesem Konzept entstanden viele handwerkliche Produkte, die man in einem speziellen Ladengeschäft oder in Online-Shops erwerben kann. Die Einnahmen ermöglichen es den Herstellern, von ihrer Tätigkeit zu leben.

Abgekürzt

Es handelte sich um ein besonders empfohlenes Seminar mit der Meisterin, das vor allem für Kinder eine große Bereicherung nach sich ziehen würde. Meine Kinder und ich betraten den großen Saal, in dem sich schon viele Leute eingefunden hatten, und wir nahmen in den hinteren Reihen Platz.

Zu unserer Überraschung holte man uns aber ganz nach vorne, wo einige leere Stühle standen, die offenbar für uns reserviert waren. Es handelte sich um die allerbesten Plätze, direkt neben der Meisterin, auf denen sicher jeder der Anwesenden gerne gesessen hätte.

Natürlich wussten wir diese ehrenvolle Anerkennung zu schätzen, fühlten uns aber auf einem Präsentierteller, und außerdem empfanden wir diese Bevorzugung in Anbetracht der übrigen Kinder als ziemlich unangenehm.

Das Seminar gestaltete sich wie ich erwartet hatte: abwechslungsreich und kurzweilig. Doch irgendwann fing die Meisterin an, uns über die Maßen lobend darzustellen, was wir als zunehmend peinlich empfanden.

Statt sich dann einem anderen Thema zuzuwenden, hängte mir die Meisterin noch ihren Schal um, mit der Bemerkung, dass ich jetzt nicht mehr frieren müsse. Da es mir aber nicht kalt war, konnte ich den Sinn dieser Handlung nicht verstehen. Wir wären in diesem Augenblick am liebsten im Erdboden versunken, denn in vielen Blicken schien vorheriges Wohlwollen für uns verschwunden und in spürbare Missgunst umgewandelt worden zu sein.

Die Pause verhalf zum Ausstieg, denn wir fühlten uns inzwischen so schlecht, dass wir nicht nur fluchtartig den Saal verließen, sondern auch die bevorstehende Mahlzeit ignorierten und nur noch nach Hause wollten.

Ich wartete vor dem Hotelzimmer der Meisterin, in dem sie sich hörbar aufhielt, um ihr unsere Lage und den frühzeitigen Aufbruch zu erklären. Ich dachte, sie müsste doch durch ihre unglaublichen Fähigkeiten unseren beeinträchtigten Zustand bemerkt haben, mich vor ihrer Tür wahrnehmen und gleich herauskommen.

Da dies aber nicht der Fall war, schrieb ich ihr ein paar Zeilen und legte das Blatt vor die Tür. Auf der Heimfahrt fühlte es sich an, als würde eine dunkle, feindliche Wolke uns begleiten. Die Stimmung war äußerst gedrückt und niedergeschlagen. So fasste ich den Entschluss, meine Kinder keinesfalls mehr einer solchen Situation auszusetzen und auch für mich selbst in Zukunft weitere Seminarbesuche zu meiden.

Einzeltermine

Neben den Seminaren wurden auch Einzeltermine bei der Meisterin angeboten. Es war erstaunlich, dass sie auf jede Frage eine Antwort wusste, wobei der Wahrheitsgehalt ihrer Aussagen stets als absolut zutreffend gepriesen wurde, was nicht den kleinsten Zweifel zuließ.

Zukunftsweisende Feststellungen lassen sich zu einem späteren Zeitpunkt auf ihre Richtigkeit überprüfen, aber wer kann schon einfach so in seinen vergangenen Leben entsprechende Nachforschungen anstellen?

Es war schon aufregend, von der Meisterin zu erfahren, wer man alles in früheren Leben war. In wachsendem Maß erfüllten mich ihre Aussagen mit Stolz und dem Gefühl, jemand Besonderer zu sein.

Ich war bereits Besitzerin einer ganzen Sammlung berühmter Persönlichkeiten, die ich in vergangenen Existenzen, laut Aussagen der Meisterin, verkörpert haben soll.

Doppelung

Einmal hatte ich einen Einzeltermin gerade hinter mir und suchte den Speisesaal des Hotels auf. Nach anfänglicher Ruhe machte sich unter den Gästen eine aufgeregte Stimmung breit. Es ging um eine sensationelle Nachricht, die sich wie ein Lauffeuer verbreitete: Herr M hätte von der Meisterin erfahren, dass er jene herausragende Persönlichkeit in einem früheren Leben gewesen sei.

Wie klug von mir, dachte ich, dass ich niemandem etwas erzählt hatte, denn gerade diesen berühmten Menschen hatte die Meisterin auch mir zugeschrieben.

Die Erkenntnis der Doppelbelegung traf mich wie ein Blitz. Ich war erschüttert und desillusioniert. Das ganze Glaubensgerüst fiel in sich zusammen und wurde durch mein kritisches Hinterfragen ersetzt.

Ich will damit nicht den Nachweis erbringen, dass alle gemachten Angaben falsch waren, aber auf jeden Fall stimmte einiges mit der Wirklichkeit definitiv nicht überein, wodurch sich das bis dahin Gehörte weit weniger verlässlich darstellte wie zuvor. Außerdem musste ich erkennen, dass auch zukunftsweisende, präzise getätigte Aussagen erheblich von der Realität abwichen.

Als unvermeidbare Konsequenz trennte ich mich von meinen stets fleißig und wissbegierig mitgeschriebenen Seminaraufzeichnungen, weil sie für mich wesentlich an Wert verloren hatten. Auch an den Einzelterminen, die sich zudem immer noch kostenintensiver gestaltet hatten, war mir durch meine ernüchterte Sichtweise die Freude vergangen. Da die Meisterin sich mir persönlich gegenüber aber stets freundlich gezeigt hatte, blieb ich ihr, aus der Ferne, immer noch gut gesonnen.

Schlimme Erfahrungen

Große Erfolge anderer werden meist nicht gerne gesehen und oft als eigene Niederlage empfunden. Statt sich selbst zu bemühen, um dadurch bessere Kenntnisse und Fähigkeiten zu erwerben, bekämpft man den Erfolgreichen, indem man versucht, seine Stellung mit fiesen Mitteln und Intrigen zu untergraben. Unglücklicherweise wurden auch meine Familie und ich mit so einer ungerechtfertigten, sogar bedrohlichen Mobbing-Situation konfrontiert, was uns sehr belastete.

Allein die Auflistung der damit zusammenhängenden, wirklich haarsträubenden Begebenheiten würde viele Seiten füllen, wobei ich aber nach reiflicher Überlegung und aus Gründen der Erkennung und Brisanz von einer öffentlichen Darstellung Abstand nehme.

Eine Empfehlung

In diese schlimme Zeit fiel die Empfehlung einer Frau, die mit Begeisterung von einem Kartenleger berichtete, der mittels seiner herausragenden Fähigkeiten schon sehr vielen Menschen geholfen habe.

Diese Bemerkung ist ein Fingerzeig des Himmels, dachte ich, und entschloss mich zu einem Termin, in der Hoffnung, dort Klarheit und eine bessere Sicht der Dinge zu erhalten.

In Ungnade

Nach 1 Stunde Autofahrt erreichte ich mein Ziel. Ich hatte mich in der Großstadt verfahren, kam deshalb mit einigen Minuten Verspätung an und betrat ein bestimmtes Lokal, den vereinbarten Ort des Treffens. Mein Blick fiel auf 2 Herren, die sich an einem der Tische unterhielten, wobei mich der eine mit seinem auffällig abschätzigen und vorwurfsvollen Blick musterte. Er war mittleren Alters, mit wuscheliger Haarpracht und dem Gesamteindruck eines Gigolos.

Schnell wurde ich aus meiner Überlegung herausgerissen. Er hatte sich erhoben, erwähnte unwirsch meine Verspätung und ging mit grantigem Gesichtsausdruck in das Nebenhaus, während ich ihm kleinlaut und schuldbewusst folgte. Seine Residenz war im 2. Stock. Durch einen langen, schmalen Gang und 2 angrenzende Räume gelangten wir in das letzte Zimmer, wo ein Tisch, Stühle und ein kleiner Diwan standen, auf dem ich Platz nahm.

Nachdem ich das Problem umrissen hatte, wurden die Karten gemischt. Ich hob zweimal ab, und fast schneller als ich schauen konnte legte der Mann einzelne Bildkompositionen, musterte mich zwischendurch immer wieder mit kritischem Blick und erwähnte nochmals unwirsch meine Unpünktlichkeit, woraufhin ich anbot, diese Zeit dem Termin abzuziehen.

Angespannt vernahm ich seine Antworten, die mir stimmig und einleuchtend erschienen. So gesehen waren meine Erwartungen erfüllt worden, ich ärgerte mich aber erneut, dass er beim Aufstehen wieder die Verspätung ansprach, und so erhöhte ich sein Honorar aus eigenen Stücken und suchte das Weite. Eines war mir klar: Dort wollte ich mich nie wieder blicken lassen.

Überwindung

Es kam allerdings anders, da durch den anhaltenden, situationsbedingten Druck eine neuerliche Konsultation beim Kartenleger mir notwendig erschien.

Ich nahm meinen Mut zusammen und machte mich auf zum nächsten Canossagang. Weil ich die Pünktlichkeit in Person war, verlief dieser Termin in friedlichen und geordneten Bahnen, ich konnte erleichtert durchatmen.

Seine Aussagen gestalteten sich tröstlich und relativ beruhigend, so kam ich mit hilfreichen Ansichten nach Hause.

Der Entschluss

Eine Bekannte, die ebenfalls zufriedene Kundin des Kartenlegers war, machte mich darauf aufmerksam, dass dieser auch Reiki-Meister sei und die entsprechende Einweihung zum Meistergrad anbieten würde. Ihre Bemerkung weckte meine schon lange ad acta gelegte Wunschvorstellung, einmal Reiki-Meisterin zu werden.

Die Frau hatte ihre ersten Reiki-Grade bei Meisterinnen in der näheren Umgebung empfangen. Sie trug sich mit dem gleichen Ansinnen wie ich, und so entschlossen wir uns, diesen Schritt gemeinsam zu wagen, zumal sich die Kosten dafür nur auf 2.000 DM anstatt der offiziell angesetzten 20.000 DM beliefen.

Endlich

Die Ausbildung fand an einem Wochenende statt, nur für uns 2 Frauen. Anwesend war noch ein anderer, mit dem Kartenleger befreundeter Reiki-Meister, der den belehrenden und informativen Part übernahm. Die Domäne des Kartenlegers war der praktische Teil.

Beide Herren ließen sich weder unsere bereits erhaltenen Reiki-Urkunden zeigen, noch prüften sie zuvor erworbene Kenntnisse, was mich etwas verwunderte. Die Zeit wurde mit zum Teil eigenartig anmutenden Übungen ausgefüllt, die zur Stärkung unserer Intuition und der Verfeinerung des Wahrnehmungsvermögens gedacht waren.

Aufgelockert wurde das Ganze durch die besonders gute Laune meiner Begleiterin, deren häufig eingestreute Lachserien legendär waren.

Zwischendurch meldete sich Hunger, und da die beiden Reiki-Meister diesbezüglich nichts anzubieten hatten, gaben wir ihnen von unserem mitgebrachten Essen einen Teil ab. Dem nächsten Tag und der bevorstehenden Meister-Einweihung fieberten wir 2 Frauen aufgeregt entgegen. Diese erfolgte bei jeder von uns einzeln, in einem separaten Raum, ohne Musik und ohne Duft. Das einzig Feierliche war eine schwarze Robe, die sich der Freund des Kartenlegers selbstzufrieden übergestreift hatte.

Ansonsten ging es ausgesprochen nüchtern zur Sache. Die Augen waren zu schließen, man fühlte von hinten eine Hand des Kartenlegers auf der rechten Schulter ruhen und spürte dabei eine außergewöhnlich starke Kraft in das oberste Energiezentrum einfließen.

Dann erfolgte die energetische Chakra-Behandlung auf der Liege durch den Kartenleger, dies zur Reinigung und Harmonisierung, wie es hieß.

Aus 2 gefüllten Stoffbeuteln konnten wir als Geschenk je einen kleinen Buddha aus Holz und einen Halbedelstein herausziehen, wonach unsere unbewusste Wahl noch entsprechend aufgeschlüsselt und psychologisch kommentiert wurde.

Gerne nahmen wir auch die Abbildungen von Dr. Usui und seinen Nachfolgern der direkten Reiki-Meister-Linie, ein Jesus-Bild sowie die edle Zeichnung des Meistersymbols plus zugehöriger Benennung mit. Die Meisterurkunde war von großem Format und sehr beeindruckend in der Darstellung, sodass wir mit stolz geschwellter Brust und freudigem Herzen nach Hause fuhren.

Von Schutz umgeben

Bei einem hilfesuchenden telefonischen Gespräch mit dem Kartenleger versprach er, Gebetsblätter zu erstellen, die vor Unglück und Verfolgung bewahren würden. Da es sich um eine Bestellung handelte, war dies natürlich mit Kosten verbunden, deren Höhe man aber selbst bestimmen konnte, was aus Dankbarkeit entsprechend großzügig ausfiel. Als ich meine Gebetsseiten abholte, war ich perplex, weil sie in keiner Weise meinen Vorstellungen entsprachen. Im oberen Drittel befanden sich undefinierbare Zeichen in schwarzer Farbe. Der Gebetstext darunter, mit Name und Geburtsdatum versehen, schien mir auch sehr sonderbar.

Der Kartenleger beruhigte mich und erklärte, dass diese Gebete sehr alt seien und deshalb so eigentümlich klingen würden, aber dafür wären sie besonders mächtig, ich möge sie jeden Tag beten. Bei den geheimnisvollen Zeichen handle es sich um außergewöhnlich stark wirkende Schutzsymbole. Ich könne ihm absolut vertrauen, er meine es gut und wolle nur helfen. Dazu schenkte er mir ein Jesus-Kreuz, welches geweiht sei und das Gute verstärken würde. Zusätzlich kramte er einen Mini-Rosenkranz hervor sowie ein antikes viereckiges, durchsichtiges Gehäuse mit inliegenden Heiligenbildern.

Ich war überwältigt und meine Bedenken hatten sich aufgelöst, zumal mir in der Wohnung des Kartenlegers riesige Rosenkränze an der Wand aufgefallen waren. Einige Heiligenbilder und Ikonen rundeten den Eindruck ab, dass der Kartenleger ein zutiefst religiöser Mensch sei. Außerdem stellte ich fest, dass in den Gebetstexten heilige Namen eingeflochten waren, es konnte wirklich nur Positives sein. Die geschenkten Devotionalien trug ich in meiner Geldtasche dauernd bei mir und widmete mich regelmäßig und gläubig den hilfreichen Gebeten.

Suche nach Halt

Durch eine völlig unerwartete Veränderung in meinem familiären Leben fühlte ich mich aus der Bahn geworfen und hatte größte Mühe, wieder annähernd in meine Mitte zu finden.

Es war kein leichter Weg, bis ich meine neue Lage realisieren, annehmen und akzeptieren konnte. Die bis dahin sporadischen Konsultationen bei dem Kartenleger nahmen deshalb deutlich zu, und so wurde es für mich schon zur Gewohnheit, den Kartenleger aufzusuchen, um dann anhand seiner Aussagen etwas zuversichtlicher in die Zukunft schauen zu können.

Er war für mich der rettende Strohhalm, nach dem man greift, und so wurde der Kartenleger zu meinem väterlichen Halt, den ich in dieser schwierigen Zeit dringend benötigte.

Eine andere Seite

Der Kartenleger zeigte manches Mal, im Laufe der Jahre, eine äußerst launenhafte, sehr ungute Seite, die unkontrolliert und völlig grundlos hervortrat, sodass ich dann verstört und sehr gekränkt nach Hause fuhr.

Da beschlich mich das unweigerliche Gefühl, einen Menschen mit versteinertem Wesen und einem eiskalten, berechnenden Charakter vor mir zu haben. Man hätte fast denken können, er wäre von etwas Ungutem, Angst einflößenden überlagert.

Energien

Bei meinen üblichen Meditationen spürte ich früher oft ein sanftes Einfließen von wohltuender Energie in mein Kronen-Chakra, verbunden mit einem glücklichen Gefühl. Ich war immer der Meinung, dass in dieses Zentrum nur positive, göttliche Energien Eintritt erlangen könnten, was ich ja auch so gelernt und empfunden hatte.

Seit der Reiki-Meister-Einweihung beim Kartenleger bemerkte ich ein eigenartiges Phänomen: Ein enorm starker Energiestrom, der spiralförmig, wie beim Hineindrehen einer Schraube, seinen Anfang nahm, floss in mich ein. Es schien so, als würde jemand bei mir einen Energiehahn aufdrehen und nach kurzer Zeit zudrehen, worüber ich aber keinerlei Kontrolle hatte, was mich entsprechend beunruhigte.

Da kamen mir einige Worte in den Sinn, die damals bei der Einweihung der Freund des Kartenlegers nebenbei über ihn gesagt hatte. Tief beeindruckt schwärmte er, dass dieser sich in den Körper anderer Menschen begeben könne, um alles über sie zu erfahren und unbemerkt positiven Einfluss zu nehmen. Seine Fähigkeiten seien unglaublich und würden die Reiki-Methode weit übertreffen.

Der Kartenleger sei ein mächtiger Magier, er setze aber sein Können nur für das Gute ein, um anderen zu helfen. Er bekämpfe die Dunkelheit und agiere auf der weißen, der Gott zugewandten Seite.

Dazu passte auch eine beiläufige Bemerkung des Kartenlegers, er sei kein normaler Mensch, was ich damals allerdings nicht einordnen konnte.

Unerlaubtes Wissen

Es kam vor, dass der Kartenleger Dinge ansprach, die er unmöglich wissen konnte. So erwähnte er einmal ein Musikinstrument, das sich im oberen Stock unserer Wohnung befand, dieses hätte er so gerne. Ich schenkte es ihm, obwohl es mir unbegreiflich war, wie er zu dieser Information kam.

Auf unerklärliche Weise hatte er wohl heimlich unsere Räumlichkeiten auskundschaftet. Durch beiläufige Bemerkungen des Kartenlegers wurde mir bewusst, dass er auch über meinen Tagesablauf mit den dazugehörenden Tätigkeiten informiert war.

Alles von mir schien für ihn einsehbar, was ich als äußerst unangenehm und unverschämt empfand und keinen tieferen Sinn dieser Spionage entdecken konnte, außer vielleicht, dass man sich dadurch irgendwelche Vorteile verschaffen möchte.

Da ich aber nichts zu verbergen hatte und er es, wie er stets betonte, immer nur gut meine, habe ich dieses Thema nicht zur Sprache gebracht, wahrscheinlich hätte er sich sowieso nur herausgeredet, und mit richtigen Beweisen konnte ich nicht aufwarten.

Ein Abstecher

Einige Jahre zuvor las ich meinen Kindern oft die spannenden Geschichten vom sagenumwobenen König Artus auf Schloss Camelot, seinem Schwert Excalibur, der Tafelrunde mit den edlen Gralsrittern sowie dem druidischen Zauberer und Lehrer Merlin vor.

Als ich von einer angebotenen 4-tägigen Reise mit Führung zu den Schauplätzen der Erzählungen nach Südengland erfuhr, stand fest: Wir sind dabei!

Zu fünft, meine liebe Mutter hatte sich angeschlossen, entstiegen wir in London dem Flugzeug und von dort ging es mit der Gruppe per Autobus weiter. Diese Buchung hatte sich wirklich gelohnt. Das Wetter zeigte sich zwar nicht von der besten Seite, aber das tat unserer Begeisterung keinen Abbruch. Die Besichtigungstour führte über beeindruckende Schlösser und Kathedralen, am Weißen Pferd, der berühmtesten Kreidezeichnung, mit riesigen Ausmaßen, vorbei.

Es erwartete uns ein Abstecher nach Silbury Hill, zur größten Pyramide Europas. Natürlich durfte auch ein Besuch von Stonehenge, den geheimnisvollen Steinringen, die zu früheren Zeiten als Observatorium fungiert haben sollen, nicht fehlen.

Höhepunkt der Reise war das Eintreffen in Glastonbury, dem Standort der in den Sagen erwähnten Insel Avalon. Schon von weitem sah man das Wahrzeichen des Ortes: Aus der Ebene erhob sich ein pyramidenähnlicher Hügel, auf den ein spiralförmiger Weg führte. Oben, an diesem Kultort angekommen, stand man unter dem großen Tor, einem früheren Glockenturm, der vor allem auf Esoteriker eine enorme Anziehungskraft ausübt.

Es war ein besonderer Augenblick, als wir im Ruinenfeld der Abtei von Glastonbury vor dem Grab standen, in dem die Gebeine von König Artus ruhen sollen, was allerdings nicht eindeutig belegbar ist. Ein positives Energiefeld erfühlte man auch in Avebury, bei einem der größten neolithischen Steinkreise weltweit. Dort soll in der keltischen Zeitperiode auch der mächtige Merlin gewandelt sein.

Als Zubrot gab es die Besichtigung eines kurz zuvor entstandenen Kornkreises, der als Ausdruck außerirdischer Kundmachung gedeutet wurde. Dies ergab für viele Mitreisende eine tolle Gelegenheit, um sich, ausgestattet mit Pendel, Wünschelrute und Ähnlichem, fachmännisch zu betätigen. Auch ich betrat diese Formation im Getreidefeld, konnte aber, im Gegensatz zu den meisten, nichts Sensationelles ausmachen, und war froh, als ich bei einsetzendem Regen den schützenden Autobus erreichte.

Für die Besichtigung musste dem Bauern extra bezahlt werden, und so ist es durchaus möglich, dass in diesem Fall eventuell die Geschäftsinteressen den Ausschlag gaben, als Nutzung einer Einnahmequelle, was jetzt aber nicht heißen soll, dass es keine echten Kornkreise geben könnte.

Nicht nur im Autobus wurden sehr gute fachliche Informationen und Hinweise geboten, auch im Hotel fanden interessante Vorträge statt. An einen solchen erinnerte ich mich im Zusammenhang mit dem heimlichen Auskundschaften des Kartenlegers. Unsere Reise wurde von einem hochkarätigen Team begleitet, darunter war ein international bekannter und erfolgreicher Autor, der im Laufe eines Vortrages über seine Reisen berichtete.

Er lasse seinen physischen Körper zurück und gehe mit dem energetischen Körper auf Reisen, wohin er will, wobei auch Mauern, Fenster und verschlossene Türen ihn nicht aufhalten würden.

Er müsse nur dafür sorgen, dass er wieder gut in seinen sichtbaren Körper zurückkommt, mit dem man durch eine sogenannte Silberschnur stets verbunden sei. Einmal hätte sich beinahe ein gefährlicher Zwischenfall ereignet, als seine Frau, ohne die näheren Umstände zu wissen, seinen Körper regungslos auf dem Bett liegen sah und in ihrem Schrecken anfing, ihn zu rütteln. Bei solchen Ausflügen sei es wichtig, dass man nicht gestört würde.

Vermutlich beherrscht auch der Kartenleger dieselbe oder eine ähnliche Technik, mittels der er seine unerbetenen Besuche abstatten kann.

Buchprojekt

Eines Tages trat der Kartenleger mit einer ganz speziellen Bitte an mich heran. Er fragte, ob ich ihm etliche meiner Gedichte für sein Buchprojekt, das sich mit dem Thema „Beziehung und Liebe" auseinandersetzt, schenken würde.

Nie, auch nicht andeutungsweise, hatte ich meine Dichterei erwähnt, aber natürlich wollte ich ihm als Dank für seine Hilfe entgegenkommen und sagte ihm zu.

Ich gab ihm einen Stapel mit passenden, früheren Gedichten und schrieb noch viele neue für ihn dazu. Sein Interesse daran und die Anerkennung taten meiner immer noch angeschlagenen Psyche wirklich gut und beflügelten meine Schreibfreudigkeit.

Der Kartenleger leistete seinen Beitrag durch einige eigene Gedichte und etliche Zeichnungen, sodass insgesamt 3 gut gelungene Bücher nach seiner alleinigen Zusammenstellung entstanden.

Für den Druck fehlte ihm allerdings, wie er sagte, das Geld, und so übernahm ich den finanziellen Teil. Die Bücher veröffentlichte er nur unter seinem Namen. Somit waren für mich alle ihm überlassenen Gedichte entglitten.

Einkauf

Kurz danach unterbreitete der Kartenleger mir einen, wie er sagte, überaus freundschaftlichen Vorschlag. Die Zeiten würden immer schlechter und es sei wichtig, für die Kinder eine wertsteigernde Vorsorge zu treffen.

Er habe, durch beste Beziehungen, kleine Diamanten in hervorragender Qualität bei einem unglaublich günstigen Preis zur freien Verfügung. Eine bessere Anlage werde ich nirgends bekommen, ich könne ihm absolut vertrauen, er kenne sich auf diesem Markt sehr gut aus.

Über diese Sparte fehlte mir zwar jegliche Kenntnis, aber natürlich wollte ich alles für meine Kinder tun. Deshalb zweigte ich eine Summe, die ich mir gerade noch genehmigen konnte, ab, erhielt dafür ein Säckchen mit Diamanten und einen Zettel, worauf die Typenbeschreibung stand. Ich war dem Kartenleger wirklich dankbar, dass er sich so viele Gedanken über unser Wohlergehen gemacht hat und mir selbstlos mit seinen guten Ratschlägen zur Seite stand.

Wechselwirkung

Inzwischen kam es immer öfter vor, dass ich direkt nach einem mächtigen Energiefluss in das Kronen-Chakra von einer Sekunde auf die andere unerklärlich starke Schmerzen bekam, an den Schultern, Armen, in der Magengegend etc. Nachdem ich dann mit meinen ansonsten recht erfolgreichen Selbstheilungsmethoden keinerlei Erfolg erzielen konnte und die Beschwerden unerträglich wurden, rief ich immer verzweifelt den Kartenleger an.

Er sagte seine Hilfe zu, und innerhalb weniger Minuten waren die Schmerzen verschwunden. Am nächsten Tag gab ich dann einen Dankesbrief an ihn auf, mit inliegender finanzieller Vergütung. Was hätte ich nur ohne Hilfe des Kartenlegers getan? Dasselbe Phänomen zeigte sich auch beim psychischen Zustand, der plötzlich, ohne Anlass, gleich nach so einem Energiefluss in stark depressive Gefilde fiel.

Nichts konnte mich in diesem Zustand mehr aufmuntern, und so schlich ich, am Boden zerstört, zum Telefon, um den Kartenleger anzurufen, und siehe da: Kaum hatte ich den Hörer aufgelegt, befand ich mich wieder in meiner gewohnten Ausgeglichenheit.

Wirklich unglaublich, welch Glück für mich, dachte ich, dass ich mich auf den Kartenleger, sozusagen als letzte Rettung, verlassen kann.

Energielos

Als ich einmal auf der Heimfahrt vom Kartenleger nach Hause war, spürte ich wieder diesen unerklärlichen Energiestrom und gleich darauf überkam mich eine bis dato nicht gekannte, unbeschreibliche Müdigkeit, der ich absolut nichts entgegensetzen konnte.

Mit letzter Kraft fuhr ich auf einen Randstreifen und stoppte mein Auto. Es fühlte sich so an, als ob jemand in Sekundenbruchteilen einen Teil meiner Lebensenergie aus mir herausgezogen hätte. Es dauerte eine ganze Weile, bis mir wieder genug Kraft für die Weiterfahrt zur Verfügung stand.

Ausgeflippt

Wenn ich einen Termin beim Kartenleger hatte, schaute ich zuvor bei der netten, jungen Frau vom Blumengeschäft im Nebenhaus vorbei. Hier gab es schöne Pflanzen zum Mitnehmen und stets ein paar freundliche Worte. Einmal erzählte sie mir nebenbei, dass über den Kartenleger und seine Ehefrau ein Artikel mit Bildern in einer Frauenzeitschrift abgedruckt sei. Der dazugehörige Text erschien mir so erstaunlich, dass ich den Kartenleger vorsichtig darauf ansprach, um mir die Richtigkeit bestätigen zu lassen.

Wie von einer Tarantel gestochen fuhr er hoch, der Aggressionspegel schoss rasant nach oben, sodass er diesen beinahe nicht mehr unter Kontrolle zu haben schien. Er müsse noch schnell etwas erledigen, er komme gleich wieder, die Abfallkübel hätte er vergessen, hinauszustellen. Das schien mir unstimmig, weshalb ich ihn eindringlich bat, die Blumenfrau nicht zu behelligen. Das würde er auf keinen Fall tun, versprach er und verließ schnellen Schrittes die Wohnung.

Kurz darauf kam er zurück und war wieder Herr der Lage. Das Thema sprach ich nicht mehr an. Es beschlich mich aber ein ungutes Gefühl, und so führte mich mein erster Weg nach dem Termin zur Blumenfrau, um mich zu vergewissern, dass alles in Ordnung sei. Ich lag richtig mit meiner Vermutung, denn ich fand sie im geknickten Zustand vor. Sie habe sich furchtbar erschrocken, als der Kartenleger in ihr Geschäft stürmte und sie mit wütenden Attacken und Drohungen belegte, nur weil sie mir von dem Artikel erzählt hatte.

Auch ich war wegen dieser unverständlichen, total überschießenden Reaktion vor den Kopf gestoßen, zumal der Bericht öffentlich war, banalen Inhaltes und kaum ohne sein Einverständnis in die Illustrierte gelangte.

Die bessere Seite

Ansonsten zeigte der Kartenleger sich von seiner sehr freundlichen und gütigen Seite. Seine Familie schien ihm sehr viel zu bedeuten, und auch für Obdachlose zeigte er Mitgefühl und Engagement.

Er hatte auch lobenswerte Seiten, die einiges wieder gutmachten. Man wurde aus dem Kartenleger nie richtig schlau, konnte ihn weder einordnen, noch richtig erfassen. Sein Fach verstand er hervorragend, sehr vieles hat er exakt vorhergesagt, seine Interpretationen und Bemerkungen waren treffend und hilfreich, wodurch mir etliche unnötige Sorgen erspart blieben. Mit Sicherheit verfügte er über außerordentliche Fähigkeiten, die er, nach selbst entwickeltem System, mit großem Erfolg einsetzte.

Seine Termine waren immer knapp bemessen und eng aufeinander folgend, da er von sehr vielen Menschen in schwierigen Lagen und dringlichen Situationen konsultiert wurde. Dies lief über private Empfehlungen dankbarer Klienten, er hatte es nicht nötig, Werbung zu machen.

Ich würde ihn nun als den undurchsichtigsten Menschen bezeichnen, den ich je kennengelernt habe. Er spiegelte dermaßen viele Facetten, dass man zwar glaubte, ihn zu kennen, aber immer wieder vor neuen Rätseln stand.

So oder so

Damals, bei der Reiki-Meister-Einweihung, hatte der Kartenleger, wie es meistens gehandhabt wird, darauf bestanden, dass jeder zueinander „Du" sagt. Dies fiel mir bei ihm äußerst schwer, ich wäre viel lieber beim „Sie" geblieben. Darüber hatte er sich abgelehnt gefühlt, sodass ich mich dann doch, um ihn nicht zu kränken, auf das Duzen einstellte. Später kehrte sich das um, da wollte er von mir per Sie betitelt werden, ohne den Grund seiner plötzlichen Sinnesänderung mitzuteilen, was mich zwar wunderte, mir aber andererseits auch entgegenkam.

Nicht mehr lukrativ

Als meine finanziellen Möglichkeiten sich ausgedünnt hatten, eröffnete mir der Kartenleger, dass er ab jetzt keinen Termin mehr hätte und ich auch nicht mehr anrufen könne, da er noch viele Sachen regeln müsse und wahrscheinlich ins Ausland gehe. Er würde sich aber regelmäßig telefonisch nach meinem Befinden erkundigen. So ging es aber nur kurze Zeit, dann meldete er sich gar nicht mehr.

Als mir dann zu Ohren kam, dass andere Klienten dagegen wie gewohnt weiterhin Termine bei ihm erhielten, habe ich mich sehr gekränkt, zumal ich jede erbrachte Leistung von ihm stets mit gutem Honorar beglichen hatte.

Ich konnte mir dieses eigenartige Verhalten nur dadurch erklären, dass er mich ausgrenzen wollte, weil bei mir zwischenzeitlich keine größeren lukrativen Zusatzeinnahmen mehr zu erwarten waren, sozusagen hatte er die Sahne von der Milch schon abgeschöpft.

Verkauf

Den Kauf der Diamanten bereute ich bald bitterlich und dachte daran, diese wieder in Geld umzusetzen, wusste aber nicht, wie ich das machen sollte.

Meine Hoffnung war der Kartenleger, er würde die Steine bestimmt wieder zurücknehmen, was sich aber nach einem Telefonat mit ihm leider als illusionäre Vorstellung herausstellte. Mit abweisenden Worten, dass er mir nicht helfen könne, ließ er mich mit dem Problem allein.

Nach vielen traurigen Tagen fand sich dann durch eine freundliche Empfehlung von Bekannten die Möglichkeit des Verkaufes an einen offiziellen Diamantenhändler.

Ich war froh, dass die Steine wenigstens echt waren, wenngleich von einem Gewinn überhaupt keine Rede war. Die Steine brachten nicht einmal mehr ein Viertel des scheinbar so günstigen Preises vom Kartenleger. Das muss er wohl gewusst haben, was erklären würde, warum er damit nichts mehr zu tun haben wollte.

Dies war eine wirklich sehr niederschmetternde Erfahrung für mich. Den Kartenleger stellte ich aber nicht zur Rede, sich mit ihm anzulegen wäre sicher unklug gewesen, außerdem hätte es mir sowieso nichts genützt. Ich konnte nur versuchen, aus dieser Angelegenheit zu lernen.

Magere Informationen

Anderen Menschen kann man gute Ratschläge erteilen, aber bei sich selbst fällt einem eine neutrale Sicht schwer, und so buchte ich bei der Rückführungs-Dame nochmals einen Termin, um bepackt mit wichtigen Fragen von ihr aufklärende Antworten zu erhalten.

Meine großen Erwartungen wurden diesmal leider nicht erfüllt, sie hellte zwar manche Unklarheiten auf, aber alle wesentlichen Punkte fanden stets den gleichen Kommentar. Sie könne nichts erkennen, da ein Rollo heruntergezogen sei, was ausdrücken sollte, dass diese Frage nicht beantwortet werden darf.

Einer Idee folgend, bat ich sie am Schluss, etwas über den Kartenleger herauszufinden. Das sei kein Problem, sie könne sich dorthin versetzen und die gewünschten Informationen auf geistigem Wege erhalten.

Sie schloss die Augen und fixierte ihr Ziel an, um kurz darauf erschrocken hochzufahren. Sie berichtete, dass der Mann sie bemerkt habe und ihr gedroht hätte, falls sie noch einmal versuchen würde, ihn auszuspähen. Die Frau war richtig geschockt, denn so etwas hatte sie noch nie erlebt. Dieser Mann sei ein mächtiger Magier, den man fürchten müsse. Somit war der Termin beendet und ich machte mich betrübt und mit einer sehr mageren Ausbeute auf den Nachhauseweg.

Umgekehrt

Ich war erschüttert von allem und versuchte mich abzulenken und in meine aktuellen Lernunterlagen zu vertiefen. Die Zeit wurde knapp, mein Überprüfungstermin zur Heilpraktikerin für Psychotherapie war beträchtlich vorgezogen, da ich kurzfristig für jemanden, der abgesagt hatte, einsprang.

Ich überwand mich, rief kurz davor in meiner Aufregung doch noch beim Kartenleger an, um ihn für dieses Datum um geistige Unterstützung zu bitten, was er gleich zusagte. Aus heiterem Himmel, am Abend vor dem Prüfungstag, bekam ich rasende Zahnschmerzen, welche mit nichts zu besänftigen waren. Die ganze Nacht habe ich schrecklich gelitten, konnte überhaupt keinen Schlaf finden und machte mich am Morgen gerädert auf den Weg zum Prüfungsort.

Die furchtbaren Schmerzen begleiteten mich während der Prüfung pausenlos, sodass ich beträchtlich unter diesem Handicap litt. Die Prüfungsfragen kamen mir aber sehr entgegen, sie beinhalteten exakt das, was ich besonders gut gelernt hatte, wobei die Prüferin einige Male lobende Worte fand. Von den anderen beiden Prüfern empfand ich den einen als neutral, den anderen als mir von Anfang an extrem schlecht gesonnen, was sich deutlich in seiner andauernden Abwehrhaltung, seinem Blick und einigen unpassenden Bemerkungen ausdrückte.

Dieser war es dann auch, der mir wegen einer unwesentlichen Zusatzdiagnose, die er als falsch einstufte, mit Siegesgehabe eröffnete, dass ich durchgefallen wäre.

Das konnte ich nicht nachvollziehen und verlangte eine Begründung, die man mir vorenthielt. Es wurde lediglich darauf hingewiesen, dass ich die Bewertung in schriftlicher Form beizeiten zugeschickt bekäme.

Über 1 Stunde hatte ich mein Bestes gegeben und war mit mir recht zufrieden gewesen, umso schwerer fiel es mir, dieses Urteil zu akzeptieren. Traurig und von unverminderten Zahnschmerzen gequält, trat ich den Rückzug an.

Als ich vom Heimatbahnhof aus mit dem Auto die 10 Minuten nach Hause fuhr, hörten die Beschwerden augenblicklich auf und blieben weiterhin wie weggeblasen. Am nächsten Tag war ein Kontrollbesuch beim Zahnarzt angesagt, der kein verursachendes Störfeld finden konnte.

Von irgendeiner Hilfe des Kartenlegers war nicht das Geringste zu spüren gewesen, er hatte sich wohl eher dem Gegenteil zugewandt und negativ interagiert. Bestürzt stellte ich dies fest und beschloss, ihn für immer aus meinem Leben zu streichen.

Dubiose Erklärungen

Als ich dann die schriftliche Benachrichtigung über meinen Misserfolg erhielt, glaubte ich meinen Augen nicht: Die Begründungen entsprachen nicht den Tatsachen, sie waren verdreht und falsch, was mich natürlich gehörig erzürnte.

Das wollte ich nicht auf mir sitzen lassen. Entrüstet rief ich dort bei der Sekretärin an und bat um die Herausgabe der mitgelaufenen Kassette. Da dies nicht möglich war, fand ich mich wieder am Ort der Schmach ein, führte mir den Mitschnitt zu Gemüte und notierte alle Diskrepanzen.

Ich hatte auf diese Weise ausreichend Material für einen Einspruch gesammelt. Die Antwort auf meine Nachfrage, wohin ich meine Reklamation schicken könne, verschlug mir die Sprache: Empfänger sollte derjenige Prüfer sein, der die fehlerhafte Beurteilung verfasst hatte.

Er würde dann prüfen, ob meine Einwände rechtens wären, wenn ja, werde er meine Beschwerde an eine Kommission weiterleiten, wobei ich, bei positiver Beurteilung zu meinen Gunsten, die Prüfung ohne weitere Kosten wiederholen könnte, entweder beim gleichen Team oder, wenn ich Glück hätte, bei anderen Prüfern.

Da wurde mir bewusst, dass in diesem eigenartigen System meine Chancen gleich Null waren, denn besagter Prüfer würde, auch wenn ich im Recht wäre, nicht eine Beschwerde, die sich gegen ihn richtet, zu seinen Ungunsten weiterleiten. So nahm ich von meinem Vorhaben Abstand und fügte mich der Gegebenheit.

Zufällige Begegnung

Es war in der Adventszeit, als ich eine nahegelegene Konditorei betrat, um eine Kleinigkeit einzukaufen. Dort entdeckte ich zu meiner Überraschung den Kartenleger mit einer etwa gleichaltrigen Frau, in eine bewegte Plauderei vertieft, an einem der Tische sitzend. Was der Mann wohl hier in der Gegend macht, überlegte ich, und steuerte das Paar an. Der Kartenleger stellte mir, voller Stolz und Begeisterung, diese Dame als seine Gattin vor.

Seine frühere Ehefrau hatte er offenbar hinter sich gelassen und sie durch seine neue Liebe ersetzt. Aber dies ging mich nichts an und so wünschte ich ihnen noch eine schöne Zeit und verließ das Lokal.

Missgeschick

Ein weiteres Zusammentreffen im gleichen Ort bescherte mir ein Einkauf in einer Metzgerei. Viele Leute hatten die gleiche Idee zur selben Zeit, und so bildete sich eine lange Reihe vor der Verkaufstheke, wobei ich mich in Richtung der rechten Begrenzung aufgestellt hatte.

Beim Öffnen der Eingangstür schaut man meistens automatisch, so wie ich auch, in diese Richtung. Ich glaubte meinen Augen nicht: Herein kam der Kartenleger, mit großer Einkaufstasche beladen, aus der mehrere Gemüseteile hervorlugten.

Er war sichtlich in Eile und steuerte nervös genau auf mein Eck zu, stellte sich neben mich, ohne sich meiner Gegenwart bewusst zu sein, und fixierte die ausliegenden Fleischsorten. In dem Moment betrat auch seine Frau das Geschäft, und ich entschloss mich spontan dazu, schnell auf die andere Seite zu wechseln.

Im Moment meines Abganges muss mich der Kartenleger bemerkt haben, denn vor Schreck machte er eine ruckartige Bewegung, wobei die dort aufgestellten Nudelpäckchen geräuschvoll auf den Boden kullerten. Genau dann kam seine Frau bei ihm an und hat ihn für dieses peinliche Malheur in lautem Ton zurechtgewiesen, was die Aufmerksamkeit aller Anwesenden erst recht auf sich zog und einer lustigen Darstellung in einem Gag sicherlich alle Ehre gemacht hätte.

Der Kartenleger brummte mit seiner tiefen Stimme etwas vor sich hin und ich war froh, kurz darauf mit meinem Einkauf das Weite suchen zu können. Ich fand es allerdings eigenartig, warum ich dieses Ehepaar schon wieder hier im nahen Umfeld antraf, wo der Kartenleger doch in der entfernten Großstadt seine Bleibe hatte.

Zuzug

Dies klärte sich kurz danach auf, als ich im Gelbe-Seiten-Buch unter einem bestimmten Berufsbild einen geeigneten Fachmann in der Nähe suchte und in dieser Rubrik auch den Namen der Ehefrau des Kartenlegers entdeckte.

Das war ein erstaunlicher Zufall, darauf wäre ich nie gekommen. Die angegebene Adresse lokalisierte sich 10 Autominuten von meinem Wohnort entfernt, weshalb auch dieselben Einkaufslokalitäten zur Auswahl standen.

Rätselhaftes

Bei mir Daheim ereigneten sich derweil beunruhigende Dinge. Es fielen mir eigenartig angeordnete Steine und sonstige Materialien vor und hinter dem Haus auf, die am Vortag noch nicht da waren. In der Wohnung vernahm ich manchmal deutliche Schritte auf der Stiege und sonstige ungewohnte laute Geräusche, die ich nicht zuordnen konnte.

Meine Nächte wurden zunehmend schlechter, immer öfter schreckte ich auf, fühlte einen Angst erzeugenden Druck auf meinem Oberkörper, konnte aber keinen Ton herausbringen, um nach Hilfe zu rufen.

Schlimmste Albträume lasteten unerklärlicher Weise auf mir, dunkle, unheimliche Gegenstände, Verfolgung, alles voller schwarzer Spinnen.

Wenn ich entsetzt aufwachte, fühlte ich mich elendig und ausgelaugt, wobei der Energiefluss dann die ganze Nacht durchlief, egal wie ich versuchte, mich dagegen zu schützen. Ich begann diese nächtlichen Eindrücke aufzuschreiben und stellte fest, dass vor allem die Morgenstunden zwischen 4 und 5 Uhr, die Zeit von Vollmond und Neumond, die 3 Tage davor und danach sowie die Nächte von Sonntag auf Montag besonders häufig negativ waren.

Mir kamen Bemerkungen des Kartenleger-Freundes in den Sinn, der damals beiläufig die Zeiten von 4 bis 5 Uhr morgens als besonders günstig für bestimmte positive Beeinflussungen erwähnt hatte, aber vermutlich gilt das ebenso für negativ verlaufende Kontakte.

Der Schädel

Ich versuchte krampfhaft, mich an weitere Auffälligkeiten während der beiden Einweihungstage zu erinnern. Da war mir in der Wohnung des Kartenlegers ein ca. 20 cm hoher, dunkelrot-bräunlicher Edelsteinschädel, vermutlich Jaspis, befremdlich aufgefallen.

Er befand sich auf einer Kommode, direkt neben der offenen Tür vor dem Einweihungsraum. Vielleicht hatte er eine bestimmte Funktion bei der Zeremonie, denn zuvor und danach hatte ich ihn nie mehr gesehen. Die Augen hielt ich ja bei der Einweihung eine Zeitlang vertrauensvoll geschlossen, sodass der Ablauf nicht einsehbar war.

Möglicherweise hatte der Kartenleger damals, ohne mein Wissen, irgendwelche negative Manipulationen vorgenommen, wodurch er mich seitdem beeinflusst, begann ich zu befürchten.

Vermutung

Ich fing an, mir nun ernsthaft Gedanken zu machen, da der Energiefluss in mein Kronen-Chakra sich auch tagsüber in wachsendem Maße beliebig ein- und ausschaltete, so, als würde ich von einer fremden Kraft bestimmt.

Dies war meistens auch mit einer großen Hitzeglocke verbunden, die sich wie ein Feuer vom Kopf her ausbreitete. Ich glaubte manche Male fast zu brennen, was sich aber in der Art deutlich von Wallungen der Wechseljahre unterschied. Es folgten schmerzhafte Stichattacken, die eine absolute Energielosigkeit, einen Abfall der Psyche oder auch alles zusammen nach sich zog.

Langsam beschlich mich die bedrückende Annahme, dass der Kartenleger damals, wo er noch als Meister und Heiler erschien, bei mir die jeweiligen Ursachen setzte, zum Beispiel durch eine rituelle Stichblockade aus der Ferne, was bei mir sofort die entsprechenden Beschwerden nach sich zog.

Wenn ich dann verzweifelt bei ihm anrief, machte er wahrscheinlich ein Gegenritual und meine Unpässlichkeit war sofort verschwunden, wonach ein Dankesbrief mit Geldinhalt folgte. So gesehen, könnte man dieses bewährte System aus dem Blickwinkel des Kartenlegers als genialen Schachzug bezeichnen.

Abwehr

In der großen Hoffnung, dass themenbezogene Informationen mehr Einsicht gewähren und Hilfe bieten, kaufte ich mir viele Bücher über weiße Magie bzw. Abwehr schwarzen Magie.

Ich hielt mich getreulich an alle Ratschläge, wandte Weihrauch, Weihwasser und geweihte Kerzen an, verteilte heilige Schutzsprüche und Schutzzeichen an allen Zimmerecken, vor jedes Fenster stellte ich eine Schale mit Salz, welches ich regelmäßig erneuerte. Dazu kamen etliche Übungen zum Schutz meines Energiefeldes, empfohlene Gebete und aufgestellte Heiligenbilder.

Suche

Doch dies alles verpuffte wirkungslos, die Angriffe mehrten sich dessen ungeachtet, sowohl in der Anzahl als auch in der Intensität, weshalb ich verzweifelt nach anderer Hilfe Ausschau hielt.

Ich durchforstete entsprechende Inserate, rief hier und dort an, aber dies alles erwies sich schon im Vorfeld als nutzlos.

Der Versuch, mit Autoren der gelesenen Schutzbücher in Kontakt zu treten, brachte ebenso keine verwertbare Ergebnisse. Meine Lage empfand ich daher immer mehr als ausweglos.

Hilfe in Sicht

Da fiel mir eine Bekannte ein, die über viele Kontakte verfügte. Sie hatte tatsächlich einen Ratschlag für mich. Eine Frau, die man telefonisch konsultieren könne, würde speziell auf diesem Gebiet sehr wirkungsvolle Arbeit leisten.

Von dieser Dame erhielt ich kurzfristig einen telefonischen Termin. Ich musste, außer meinem Namen und Geburtsdatum, keinerlei Angaben machen. Die Frau legte mit einem erstaunlichen Redefluss los. Sie schien in meinem Leben wie in einem Buch lesen zu können und sprach Dinge an, die niemand außerhalb meiner Familie wissen konnte, was mich total verblüffte.

Sie stellte auch fest, dass ich mich im Fadenkreuz gefährlicher, schwarzmagischer Angriffe befinden würde, wobei auch, aber nicht nur, ein ganz bestimmter Kartenleger, der mir bekannt wäre, etwas damit zu tun hätte. Es handle sich um mehrere Leute einer dunklen Loge, aber ich bräuchte keine Angst zu haben, sie werde mir helfen und bekomme dies in Kürze unter ihre Kontrolle.

Sie kenne viele wirkungsvolle Rituale mit hohen Engelwesen und werde gerne zusätzlich mein Foto, wenn ich es ihr schicken würde, in einen speziellen Schutzkreis legen. Diesem Angebot kam ich dankbar nach und vertraute ihrer langjährigen Erfahrung auf diesem Gebiet.

Gute Möglichkeit

Es lief so ab, dass ich, einer vorherigen Zeitabsprache folgend, anrufen konnte und ihr danach das Honorar per Post zusandte, welches damals 60 DM pro Stunde betrug, wobei sie es, zu meinen Gunsten, nicht immer genau nahm.

Sie war stets freundlich, geduldig und mitfühlend, in dringenden Angelegenheiten sogar noch am Abend zu sprechen, ohne sich die Störung durch schlechte Laune anmerken zu lassen, was beim Kartenleger undenkbar gewesen wäre.

Nachfrage

Ein nachhaltiges Zusammentreffen hatte ich zwischenzeitlich im hiesigen Naturkostladen mit einem Mann um die 40 Jahre, afrikanischer Herkunft.

Er kaufte, gemeinsam mit seiner deutschen Freundin, gerade ein. Ich war diesen Leuten noch nie zuvor begegnet und hätte normalerweise auch keine besondere Notiz von ihnen genommen. Seine Freundin sprach ihn mit einem in der Pharaonenzeit des alten Ägyptens gebräuchlichen Namen an, was der Ungewöhnlichkeit halber mein Interesse weckte und mich zu einer Nachfrage veranlasste.

Beide haben gut gelaunt reagiert, man hat noch ein paar höfliche Worte gewechselt, bevor ich den Laden verließ.

Der Anruf

Noch am selben Tag rief mich dieser Mann überraschend zuhause an, ohne dass ich ihm meinen Namen gesagt oder meine Telefonnummer gegeben hatte.

Er meinte, dass er in mir einen außergewöhnlichen Menschen erkannt habe und bestand darauf, mich rasch für ein Gespräch treffen zu wollen, da er sich nur ein paar Tage in der Gegend aufhalte. Er bedrängte mich so hartnäckig, dass mir spontan keine gute Ausrede einfiel und ich mich einverstanden erklärte.

Da am nächsten Tag mein Termin für den Reifenwechsel des Autos anstand, offerierte ich ihm ein Treffen im dortigen Ausstellungsraum. Dies bot mir die Sicherheit eines öffentlichen, neutralen Ortes, und Wartezeit investieren musste ich sowieso. Ich betonte ausdrücklich, dass ich viel Wert auf das Mitkommen seiner Freundin legen würde und nur begrenzte Zeit zur Verfügung hätte.

Das Treffen

Da ich nicht wusste, was der Inhalt dieses Gespräches sein würde, kam ich etwas verunsichert bei der Autowerkstatt an, und tatsächlich erschien der Mann, aber allein, mit der Begründung, dass seine Freundin sich nicht wohl fühle.

Er verhielt sich sehr zuvorkommend und war bester Dinge. Dabei präsentierte er mir unaufgefordert seinen Pass mit Arbeitserlaubnis, erzählte von 2 Töchtern, seinem Arbeitsplatz 1,5 Stunden weit von hier, in einer Großstadt.

Tenor war, er suche eine neue Freundin, da seine jetzige durch Krankheit an Attraktivität verloren habe. Offenbar versuchte er, mir diese Rolle schmackhaft zu machen. Dieses Ansinnen fand ich sehr unpassend und seiner Freundin gegenüber absolut herzlos, sodass ich erleichtert war, als mich der Automechaniker mit seiner Bemerkung, dass mein Auto wieder fahrbereit sei, aus meiner unangenehmen Lage befreite.

Ich verabschiedete mich in Eile, aber höflich, mit den besten Grüßen an seine Freundin und guten Wünschen für beide.

Fortsetzung

Mein befreites Aufatmen währte leider nur kurz, denn seine nächsten Anrufe folgten schon gleich darauf. Das Thema war ein weiteres Treffen außerhalb oder ein Besuch seinerseits bei mir zuhause.

Obwohl ich ihm in keiner Weise ein positives Zeichen signalisiert hatte, war er über meine Abwehr äußerst ungehalten, reagierte in aggressivem Ton auf mein freundlich herübergebrachtes Desinteresse und wollte sich unter keinen Umständen damit zufrieden geben.

Der folgende Tag seiner Abreise war eine Erlösung für mich. Seitdem habe ich nichts mehr von ihm gehört.

Autopanne

Am nächsten Tag, nach einem Einkauf, sprang mein Auto nicht mehr an, es musste abgeschleppt werden. Da man bei der Fehlersuche keine Mängel fand, einigte ich mich mit dem Herrn der Pannenhilfe auf einen Versuch mit dem Ersatzschlüssel.

Zuhause angekommen, erwies sich dies als Erfolg. Komischerweise funktionierte dann auch der Hauptschlüssel wieder.

Möglicher Zusammenhang

Das Auto schien momentan nicht ein Ort des Glücks für mich zu sein, denn am folgenden Tag, gerade bei meinem nahegelegenen Ziel angekommen, spürte ich im Nacken einen unheimlich schmerzhaften Stich, als hätte man einen Dolch hineingerammt.

Von diesem Augenblick an fühlte ich mich zunehmend immer schlechter, sodass ich schnell die Heimfahrt antrat. Es bemächtigte sich meiner eine derart ausgedehnte Schwäche, dass ich mich sofort hinlegen musste.

Ich konnte nichts mehr essen und wurde von übelriechenden Schleimmassen regelrecht gequält. Mein Hals war ein einziger Schmerz und an Schlaf war gar nicht zu denken, es ging mir so miserabel, dass ich nur noch Wasser trinken konnte und meinem baldigen Ende entgegensah.

Verzweifelt rief ich bei der Frau an, für die sofort feststand, dass ich einer heftigen Voodoo-Attacke des abgewiesenen Mannes zum Opfer gefallen war. Sie würde sofort die Gegenrituale für mich machen, um den bösen Zauber schnellstmöglich zu durchbrechen.

Nach einigen Tagen im elenden Zustand ging es langsam wieder aufwärts, nach 2 Wochen war der Spuk endgültig vorbei.

Eine Entdeckung

Zu meiner Ablenkung und Aufmunterung holte ich mir alte grenzwissenschaftliche Zeitschriften vom Dachboden, um lesenswerte Artikel noch einmal durchzusehen und danach auszumisten. Die Inserate streifte ich nur kurz, bis mein Blick, wie gebannt, an einer Anzeige haften blieb.

Das Logo dieser Firma, mit Pyramiden, der Sphinx und einem altägyptischen Namen hatte ich doch schon irgendwo gesehen. Es fiel mir ein, dass anfangs beim Kartenleger Visitenkarten von ihm auslagen, die genau dieses Logo und diesen Namenszug aufwiesen.

Die Firma war in der Schweiz ansässig und bot eine Vielzahl magischer Ritual-Gegenstände und Hilfsmittel sowie Info- und Buchmaterial über Geldmagie, Liebesmagie, Voodoo, Makumba und viele ähnliche Zaubereien an, die wohl auch mit dunklen Wesenheiten zu tun haben.

Überlegung

Ich war darüber sehr erschrocken und versuchte, mir ein Bild davon zu machen. Es stand jedenfalls für mich fest, dass ein nur positiver, selbstloser Gebrauch der aufgeführten Dinge und Methoden mit absoluter Sicherheit auszuschließen sei.

Wie kam also der Kartenleger, der, wie er sagte, sein Wissen und Können nur zum Wohle anderer einsetzt, zu dieser unheilvollen Verbindung, die nichts Gutes ahnen ließ? Wahrscheinlich war er ein besonders guter Kunde dort oder sogar in diese Firma involviert.

Es schien mir ein auffallendes Zusammentreffen zu sein, dass der Mann vom Bio-Laden mit so einem, in der heutigen Zeit eigenartigen altägyptischen Namen gerufen wurde. Es könnte durchaus sein, dass dies alles irgendwie miteinander zusammenhängt. Ich kam mir vor wie ein Detektiv bei kriminalistischen Ermittlungen, wobei mir immer wieder ein neuer Mosaikstein zugespielt wurde, was mir dabei half, Wahrheiten und Hintergründe ans Licht zu bringen.

Ein Vorfall

Eines Morgens, als ich mich um halb 5 Uhr früh ins Bett begab und noch betete, hörte ich anhaltende, laute Schreie von draußen und vermutete streitende Katzen.

Es hörte sich so schauerlich an, dass ich mich entschloss, auf den Balkon zu laufen, um durch lautes Klatschen die Tiere zu vertreiben. Einige Sekunden herrschte daraufhin völlige Stille, dann hörte ich ein Tier, schrecklich brüllend, die Stufen zur oberen Wiese hinaufflüchten, dahinter vernahm ich deutlich das verfolgende Laufen von Menschenschritten, hörbar waren 2 Personen, aber erkennen konnte ich in der Dunkelheit nichts.

Danach war es wieder ganz still und ich vermutete, dass einem Bauern ein Tier ausgebüxt war, was nun wieder eingefangen werden konnte.

Im Hellen fand sich auf der Wiese aber ein totes Reh. Ich rief gleich bei der Frau an, um ihr von diesem Vorfall zu berichten. Sie warnte mich davor, das Tier ja nicht zu berühren, weil das Ganze mit einem schwarzmagischen Ritual gegen mich zu tun habe, das Reh würde genau in der Richtung liegen, wie ich in meinem Bett. Ich hielt mich an ihren Ratschlag, rief bei der Polizei an, die einen Förster vorbeischickte, der das Tier mitnahm.

Die Angelegenheit verängstigte mich sehr, und um diese näher zu beleuchten, befragte ich alle Nachbarn, ob sie auch etwas gehört oder gesehen hätten. Eigenartigerweise hatte, trotz des beträchtlichen Lärms, niemand außer mir etwas vom Zwischenfall bemerkt.

Aufgedeckt

Ich erzählte der Frau am Telefon von den Schutzgebeten des Kartenlegers, und da sie sich ein Bild davon machen wollte, faxte ich ihr diese zu.

Sie reagierte, wegen des Inhaltes und der Zeichen, zutiefst entsetzt, da beides mit absoluter Sicherheit der dämonischen, schwarzen Seite zugehörig sei und statt dem offerierten positiven einen großen negativen Einfluss ausübe.

Sofort müsse ich mich von allem trennen, was der Kartenleger mir mitgegeben hat, weil die Gegenstände von ihm präpariert wurden, sodass er leichten Zugang finden konnte. Ich dürfe sie aber nicht einfach wegwerfen, da sie sonst anderen Menschen schaden würden. Am besten tief vergraben und in der Erde belassen, verbrennen oder, mit einer Zeremonie verbunden, in einen Fluss werfen, aber auf keinen Fall hinterher blicken.

Es sei von schwarzmagisch arbeitenden Menschen eine übliche Methode, Sachen mitzugeben, um das Opfer an sich zu binden. So würde der Fernkontakt erleichtert, wodurch man zwecks Einflussnahme zur Zielperson ungehindert durchkomme.

Solche Menschen, die meistens sogar ihre Seele an mächtige, dunkle Wesenheiten verloren haben, fänden in den Nächten keine Ruhe und nur 1 bis 2 Stunden Schlaf. Deshalb würde diese Zeit für Angriffe besonders oft genützt werden.

Die Realität

Mit diesen Aussagen waren alle naiven Vorstellungen von gut gemeint, freundlich gesinnt, vertrauen können, was der Kartenleger so oft betont hatte, endgültig zerstört, und eine tiefe Enttäuschung und Ernüchterung machte sich breit.

Bis dahin war ich, vor allem durch die charakterlichen Mängel des Kartenlegers, sehr betroffen gewesen und dachte, ich müsste im Vergeben lernen, den tieferen Sinn hinter diesem Kontakt sehen, wozu ich ja oft genug Gelegenheit bekam.

Bei einem Reiki-Meister stellt man sich, wie allein schon die Bezeichnung vorgibt, einen meisterlichen, ehrlichen, vertrauenswürdigen, spirituell hoch stehenden Menschen vor, von dem man viel lernen und zu dem man aufschauen kann.

Natürlich ist kein Mensch vollkommen, aber mit solchen realen Diskrepanzen konfrontiert zu werden, war ein richtiger Schock für mich.

Ich verbrannte meine Reiki-Meister-Urkunde, auch die Gebetsblätter fanden ihr Ende. Das von ihm geschenkte Kästchen mit den Heiligenbildern, der Rosenkranz, das Jesus-Kreuz, den Buddha, die Gedichtbücher, alles sammelte ich und übergab diese Utensilien der Reinigungskraft des Wassers bzw. des Feuers, ganz in der Hoffnung, dadurch die Schaden zufügende Verbindung mit dem Kartenleger für immer unterbrochen zu haben.

Es folgte tatsächlich, bedauerlicherweise nur kurzzeitig, eine merklich ruhigere Phase, doch an eine bleibende Befreiung zu denken, entpuppte sich als Trugschluss. Die Angriffe bauten sich langsam wieder auf und gewannen spürbar an Stärke.

Neuer Schutz

Nach den Anweisungen der Frau fertigte ich eine schützende Drahtkonstruktion rund um mein Bett an, gekoppelt mit bestimmten Gebeten. Ich besorgte mir Nardenöl, um damit mein Energiezentrum zwischen den Augenbrauen zu betupfen. Dazu kamen Schutzrituale mit Gebeten und brennenden Kerzen, ergänzt durch Zeremonien fürs Haus, mit Schutzkreis und Erzengel-Anrufungen.

Vielfach absolvierte ich Bäder mit Himalayasalz und Essigzusatz, unterstützt von einer festgelegten Anzahl brennender Kerzen und vorgegebenen Gebeten, wobei ich auch meinen Kopf zur Reinigung der oberen Chakras und zur Trennung der Verbindung ins Wasser tauchte.

Besonders nach Essigbädern (1 Liter Apfelessig für ein Vollbad mit etwas Sahne und Honig, 20 Minuten Badezeit) zeigte sich, auch bei täglichem Bad, nach dem Ablassen des Wassers ein deutlich sichtbarer schwarzer Rand an der oberen Wassergrenze, was die Frau als Zeichen dunkler Energien, die sich um mich herum angesammelt hätten, deutete.

Meine telefonischen Kontakte zu dieser Frau wurden immer notwendiger für mich, sie schienen mir überlebenswichtig. Wenn ich während einer akuten Angriffsphase von einem Weinkrampf geschüttelt anrief, machte sie mit mir aufbauende, stärkende, schützende, meditative Übungen, um mich zu beruhigen, wofür ich ihr sehr dankbar war.

Verjagt

Eine nicht aufschiebbare Reise stand bevor, und als ich die Frau darüber informierte, warnte sie mich eindringlich davor, in der dortigen Wohnung zu übernachten, das wäre sehr negativ und gefährlich für mich.

Diese Behauptung fand ich übertrieben, so hielt ich mich nicht an diese Empfehlung. Ich stellte mich mit positiven Gedanken auf die Nacht ein, räucherte die Räume mit Schutzkräutern aus, legte Bilder meiner Mutter und mir in den Engelschutzkreis, sprach entsprechende Gebete und legte mich neben meiner Mutter im Doppelbett schlafen. Nach der langen, hinter uns liegenden Fahrt hatten wir die richtige Bettschwere.

Der gute Wille und die bildhafte Vorstellung waren zwar aktiviert, doch ich fand keine Ruhe und so füllte ich diese Zeit mit weiteren Gebeten aus.

Ein kurzzeitiger Erschöpfungsschlaf in den frühen Morgenstunden mündete in ein furchtbares Erlebnis: Meine Mutter schien sich auf meine Seite zu drehen und sich mir zuzuwenden, was mich keineswegs störte, weshalb ich auch nicht zurückwich. In diesem Moment verwandelte sich der vertraute Anblick in ein furchtbares Wesen mit absolut realer Präsenz.

Es attackierte mich sofort mit einer schrecklichen giftgrünen, klebrigen Schleimmasse. Ich schrie vor Entsetzen auf und flüchtete in Panik aus dem Bett. Sogar meine liebe Mutter, die ansonsten für solche Begebenheiten unempfänglich war, fühlte sich unwohl und fand ebenfalls keinen Schlaf. Wir kleideten uns an, packten die Koffer und verließen fluchtartig das Haus, um uns in einem nahegelegenen Hotel einzuquartieren. Die uns auf dieser Reise noch verbliebenen 2 Nächte verbrachten wir dort ungestört bei gutem und erholsamen Nachtschlaf.

Vergebliche Mühe

Es vergingen viele Monate und bei mir liefen die bekannten Beeinträchtigungen ungehindert weiter. Trotz verstärk-
tem Eingreifen der Frau und meinen immer mehr Zeit in
Anspruch nehmenden Bemühungen zeigte sich keine Verbesserung meiner Situation.

Schlechte Nächte

Die Nächte entpuppten sich wiederholt als ganz besondere Belastung, an eine normale Schlafqualität war kaum noch zu denken.

Ich wurde jetzt nicht nur mit schädigenden Energien beschossen, sondern dazu noch mit sehr schmerzhaften Stichen gequält. Diese folgten, wie mir auffiel, einem gewissen Schema, das in Akupunkturpunkten seinen Ausdruck fand, was manchmal deutlich spürbar von mehreren Personen und zur selben Zeit ausgeführt wurde. Es musste also mindestens einen Fachmann oder eine Fachfrau in der Loge geben, die über dieses System Kenntnisse besitzt.

Besonders favorisiert waren Stiche in die Nackengegend, die Schilddrüsen, Knie-, Zehen- und Handgelenke, wichtige Punkte an Händen und Ohren. Häufig genutzt wurden auch diverse Blockaden der Chakras. Ich fühlte dabei einen schmerzhaften Druck, wie von einer Bohrmaschine hervorgerufen. Diesen „Behandlungen" folgte entweder die spürbare Schwächung eines Körpersystems, eines Organs, eines oder mehrerer Energiezentren, zumeist verbunden mit nachfolgenden starken Beschwerden.

In manchen Nächten musste ich inzwischen sogar zweimal ein Bad nehmen, um meinen Zustand zu besänftigen und eine laufende Attacke zu unterbrechen, was eine kurzzeitige Erleichterung verschaffte, wobei dann alle Beschwerden schlagartig weg waren.

Zu schwach

Es kristallisierte sich immer mehr heraus, dass die hilfreiche Frau am Telefon meine Gegner unterschätzt hatte und selbst keinen Rat mehr wusste.

Obwohl sie ihre Aktionen wesentlich intensivierte und, wie sie sagte, 4 Stunden in der Nacht am Balkon bei winterlicher Kälte, unterstützt von Weihrauchräucherung, die stärksten Schutzrituale für mich machte, konnte sie keinen spürbaren Effekt mehr erzielen.

Zu hören, dass sie sich bei solchen Verhältnissen statt zu schlafen für mich abgeplagt hat, rief bei mir quälende Schuldgefühle hervor, welche dann in einer freiwillig erhöhten Honoraraufstockung oder sonstigen Geschenken ihren Ausgleich fanden.

Vorbei

Ein Gespräch besagter Frau mit ihrer geistigen Lehrerin, die sich auf einer Insel befand, bestätigte meine schlimme Lage, erbrachte aber keine neuen Möglichkeiten der Abwehr. Als letzten Versuch empfahl sie mir, Schlaftabletten einzunehmen, währenddessen sie bestimmte Rituale ausführen wollte.

Da ich noch nie eine Schlaftablette oder Ähnliches eingenommen hatte, fand ich diesen Vorschlag nicht stimmig für mich, außerdem wäre ich dann ganz außer Kraft gesetzt gewesen, und das war mir zu gefährlich.

Die Frau betrachtete ich stets als gute Freundin, sie hat sich wirklich sehr intensiv für mich eingesetzt und ist mir hilfreich zur Seite gestanden. Ich glaube nicht, dass sie sich nur wegen des Geldes so bemüht hat. Es war keineswegs zu übersehen, dass ihre Kraft für diesen besonders schwierigen Fall nicht auseichte. Ich musste mich rasch nach einer anderen Hilfsquelle umsehen.

Ein Hinweis

In einem besonderen Katalog wurde ich fündig, wobei ein Buch Schutz vor dunklen Angriffen zum Inhalt hatte. Die Autorin war Leiterin eines Zentrums, das dazu autorisiert war, Geistheiler/innen auszubilden.

In einem Tag hatte ich das Buch gelesen und staunte von Seite zu Seite mehr, denn alle aufgeführten Tipps und Übungen kannte ich bereits von der Frau, die ich telefonisch konsultiert hatte. Ich war der festen Meinung gewesen, dass ihre Arbeitsweise nach eigenem Konzept erfolgte.

Nachfrage

Diese Angelegenheit wollte ich klären und sprach die Frau darauf an. Sie antwortete mit dem Verweis, dass sie in diesem Zentrum ihre Ausbildung gemacht habe und die Parallelen deshalb zu erklären seien. Das war eine akzeptable Antwort und ich gab mich damit zufrieden.

Auswertung

Im Buch wurde auf das Angebot hingewiesen, ein Foto an das Geistheilungszentrum zu schicken, das hellsichtig, in Form einer feinstofflichen Analyse, ausgewertet würde.

Auf meiner Suche nach mehr Überblick in meiner völlig verworrenen Situation erschien mir die Möglichkeit im richtigen Moment zur Verfügung zu stehen. Da die dafür anfallenden Kosten vertretbar waren, schickte ich ein aktuelles Bild von mir zur Begutachtung. Die Bewertung erstreckte sich über 4 Seiten. Sie enthielt den Energiewert in Bovis, die prozentuelle Funktionstüchtigkeit meiner 7 Chakras mit Drehrichtung der Energieräder, den optischen Zustand meiner Aura, Fremdeinflüsse, gravierende Belastung durch Erdstrahlen, Elektrosmog & Co. Dazu kamen ein individueller Kommentar und eine Empfehlung.

Mein Energiewert war alarmierend weit unter dem Normalbereich, einige meiner Chakras schienen in Mitleidenschaft gezogen und massiv blockiert. Bei der Aura-Begutachtung waren krasse Risse aufgeführt, dazu schwarze Areale, welche als bösartige Besetzungen und schwarzmagisch-dämonische Angriffe gedeutet wurden. Massive negative Gedanken anderer gegen mich wurden erwähnt.

Die Attacken seinen außergewöhnlich stark und ich hätte kaum noch Kraft um mich zu schützen, weshalb ich dringend und schnellstmöglich Hilfe benötige, lautete der Kommentar. Bei einem Termin im Zentrum würde mein Energiefeld wieder in Ordnung gebracht und der dämonische Einfluss entfernt werden. Ich war wegen der schlechten Diagnose deprimiert, andererseits auch erleichtert, dass meine Situation wieder von unabhängiger Seite bestätigt wurde. Mit wem hätte man darüber sprechen können, ohne der Wahnvorstellung, krankhaften Einbildung oder Hysterie bezichtigt zu werden?

Klarheit

Als ich dort wegen Buchung eines Termins anrief, machte man mich nochmals auf die Schwere meines Falles aufmerksam. Da erwähnte ich, dass sich schon eine Schülerin von ihnen lange Zeit um die Lösung meiner Angelegenheit bemüht habe. Nach der geforderten Angabe des Namens erfolgte eine unerwartete Reaktion.

Das entspreche nicht der Wahrheit, diese Frau hätte bei ihnen nie ein Seminar besucht, geschweige denn eine Ausbildung gemacht.

Man war über die falsche Behauptung sehr erbost, wollte sich für diesen Tatbestand bestimmte Schritte vorbehalten und verlangte von mir die Bekanntgabe ihrer Adresse und Telefonnummer. Eine solch streitbare Konfrontation wollte ich nicht in die Wege leiten und verhinderte dies, indem ich abschwächte, dass ich die Frau wohl falsch verstanden hätte und so der Fehler bei mir läge, was dann die erwünschte, Wogen glättende Wirkung nach sich zog.

Ich war froh, dass ich die näheren Daten der Frau nicht weitergegeben hatte, fühlte mich aber wegen ihrer falschen Aussage brüskiert und verletzt.

Ein Amulett

Das neue Buch ergänzte ich durch das praxisorientierte Pendant, dem ein Schutzamulett beigelegt war. Ich hängte es mir sofort um, in der Hoffnung, dass dadurch eine Erleichterung eintreten würde. Obwohl ich es ohne Unterlass trug, konnte ich keine Verminderung der Angriffe feststellen.

Der Termin

Der ersehnte Termin beim Geistheilungszentrum stand vor der Tür, und da ich mit 5 Stunden Fahrzeit rechnen musste und im Auto vor Angriffen nicht sicher war, entschied ich mich für eine Zugfahrt, die ich gut überstand. In einem Hotel schlug ich mein Lager auf und machte mich zu Fuß auf den Weg zur Adresse. Es handelte sich um ein neu erbautes Mehrfamilienhaus neben einer Bahnlinie im Industriegebiet. Die Klingel vom Kellergeschoß war die richtige, doch zu meinem Bedauern läutete ich vergeblich.

Ich umrundete das Haus und taxierte die einsehbaren Räume von außen. Diese wurden wohl nur für Seminare genutzt, Büroräume befanden sich woanders. Ich wartete auf einer Bank vor dem Haus, die mir eine Bewohnerin angeboten hatte, und war sehr erleichtert, als endlich ein Auto vor mir parkte, dem die Geistheilerin entstieg. Sie schien mir relativ jung, obwohl sie, wie sich herausstellte, Mutter mehrerer Kinder war. Sie führte mich in die schön hergerichteten Räumlichkeiten. Helles Holz sorgte für gute Atmosphäre, viele Kerzen, Edelsteine und Engelfiguren vervollständigten das Raumbild.

Nach kurzem Gespräch wies sie mir den Platz auf der Liege zu. Ich möge mich entspannen und die Augen so lange geschlossen halten, bis sie mit der Behandlung fertig sei. Die Musikuntermalung wurde durch laute, lärmende Geräusche übertönt. Die Zeremonie dauerte 20 Minuten, wobei ich mich selbst nicht am Geschehen beteiligt fühlte. Was sich abspielte, kann ich nicht sagen. Die Geistheilerin erklärte mir, dass sie die dunklen Angreifer vertrieben und verbannt hätte. Für den nächsten Tag war noch eine Nachbehandlung vorgesehen. Freundlicherweise nahm sie mich in ihrem Auto zum Hotel mit, da sich eine Straße weiter ihr Privathaus befand. Am nächsten Vormittag wollte sie mich beim Hotel wieder abholen.

Hotelgeschichte

Im Hotel war ich der einzige Gast. Es handelte sich dabei um einen Familienbetrieb, das private Wohnhaus stand nebenan. Ich erhielt ein Zimmer mit 2 Betten, kleinem Fernseher, Dusch- und Toilettenraum. Nachdem ich einige Zeit gelesen und etwas gegessen hatte, machte ich mich für das Bett zurecht.

Konsterniert stellte ich fest, dass es an der Zimmertür keinen Schlüssel oder Ähnliches gab und ich nicht absperren konnte, was ich sehr befremdlich empfand. Da es im Raum ungemütlich kalt war, wollte ich eine warme Dusche nehmen, leider kam nur eiskaltes Wasser, genau wie beim Wachbecken. Die Heizung ging nicht und die Toilette war unsauber. Ich zog eine Jacke über und holte mir die Decken des anderen Bettes dazu, aber an Schlaf war nicht zu denken.

Einem schlimmen Stich ins Herz folgte das ganze Repertoire an bereits bekannten Angriffsarten, es ging mir ausgesprochen schlecht. Ich ließ die Lampe brennen und betete alle im Buch der Geistheilerin aufgeführten Schutzgebete, wiederholte sie immer wieder.

Am Morgen nach der Horrornacht fühlte ich mich nicht nur gemartert, sondern auch zutiefst frustriert, denn die in Aussicht gestellte Erlösung hatte sich absolut nicht eingestellt.

Nachbehandlung

Die Geistheilerin holte mich, wie ausgemacht, mit ihrem Auto ab, worüber ich sehr erleichtert war. Als ich ihr von meiner schlimmen Nacht berichtete, ging sie nicht näher darauf ein und meinte zuversichtlich, die folgende Nachbehandlung würde auf keinen Fall die gewünschte Wirkung verfehlen.

Sie sei schließlich absolute Spezialistin auf diesem Gebiet und bilde in ihrem Zentrum regelmäßig befähigte Menschen für diese schwierige Arbeit aus. Diesmal verlief die Behandlung ohne Nebengeräusche. Ich verabschiedete mich dankend, rief ein Taxi und machte mich am frühen Nachmittag auf den Weg zum Bahnhof.

Heimfahrt

Kurz danach war ich im Zug auf der Heimfahrt, musste aber umsteigen. Beim Einsteigen in den anderen Zug stand neben mir ein junger Mann, und da er außer seiner Aktentasche noch eine große, rechteckige, wohl schwere Sporttasche bei sich hatte, ließ ich ihm den Vortritt.

Im mittleren Teil dieses Waggons befand sich die Gepäckablage. Dort verstaute er seine Tasche, ich meinen kleinen Koffer.

Vom meinem Sitzplatz aus warf ich nochmals einen Blick auf ihn, wie er schräg gegenüber auf der anderen Seite Platz nahm. Der Mann war groß, hatte gepflegtes, dunkelblondes Haar, war elegant gekleidet. Er kramte in der Aktentasche herum, stellte eine Wasserflasche neben sich, zog sein Sakko aus. Darunter trug er eine edle Jacke, was mir höchst ungewöhnlich erschien, irgendetwas war nicht stimmig an diesem Mann.

Gerade wurde in einer Durchsage der nächste Halt, Frankfurt/Flughafen, angekündigt, worauf der junge Herr aufstand und nur mit seiner Aktentasche in Richtung Ausgang bzw. Toilette verschwand. Das fand ich höchst merkwürdig und versuchte, ihm mit meinem Blick zu folgen. Es war kaum zu glauben: Er stieg tatsächlich aus und entfernte sich rasch, ohne noch einmal zurückzublicken. Sein Sakko, die Getränkeflasche und vor allem die große Sporttasche hatte er im Zugabteil zurückgelassen, was scheinbar sonst niemandem aufgefallen war.

Der Zug nahm wieder Fahrt auf und der Mann war nicht mehr zu sehen. Ich konnte es nicht verstehen. Was sollte das Ganze bedeuten? Misstrauisch blickte ich auf seine schwere, eigenartig ausgebeulte Stofftasche mir direkt gegenüber. Es könnte sich um Sprengstoff oder etwas Ähnliches handeln.

Als in diesem Augenblick der Schaffner hereinkam, stand ich auf, um ihm die gerade beobachtete Begebenheit darzustellen. Ich zeigte auf das Sakko, die Flasche, die verdächtige Tasche und versuchte ihn zu überreden, sie sofort zu öffnen und den Inhalt zu prüfen.

Leider hatte keiner der Fahrgäste meine Beobachtung geteilt, und so vertrat der Schaffner die Meinung, dass der Mann wahrscheinlich nur auf Toilette sei und sich in Kürze wieder einfinden würde. Er wollte sich nicht darum kümmern und ich selbst hatte keine Lust, auf diesem Platz sitzen zu bleiben.

Ich nahm meinen Koffer, verließ den Waggon und fand in einem weitentfernten Abteil einen neuen Sitzplatz, wobei ich die mir noch verbliebene Reisezeit mit stillen Gebetsserien ausfüllte. 2 Stunden später, als ich ausstieg, traf ich eine Frau vom vorherigen Abteil, die mir berichtete, dass die Sachen des Mannes sich immer noch unberührt an der gleichen Stelle befinden würden.

Dieser mysteriöse Fall hatte einen guten Ausgang genommen, und so hoffte ich, dass die Strapazen der Reise am Ende für mich auch ein positives Ergebnis zeigen würden.

Steigerung

Obwohl ich intensiv an eine erfolgreiche, heilende Wirkung der Behandlungen glaubte, musste ich bald einsehen, dass sich keinerlei Verbesserung jeglicher Art eingestellt hatte. Ich schickte deshalb, einige Zeit danach, ein neues Foto von mir zum Geistheilungszentrum für eine nochmalige energetische Beurteilung.

Wie ich vermutete, hatte sich mein Zustand messbar verschlechtert und das Angriffspotenzial gegen mich durch zusätzliche negative Manipulationen mit nach sich ziehendem starkem Energieverlust verstärkt.

Guter Service

An einem bestimmten Tag zur vorgegebenen Zeitspanne hatte man die Möglichkeit, beim Zentrum anzurufen, um Informationen einzuholen oder Rat zu erhalten. Allein das Vorhandensein dieser Einrichtung fand ich gut, obwohl es passieren konnte, dass man wegen einer Überfrequentierung nicht durchkam.

Auf diesem Weg erfuhr ich von einer breiten Palette verschiedener Schutzmedaillons, die man individuell für sich anfertigen lassen konnte. Ich entschied mich für das stärkste der angebotenen Schutzamulette, welches bis zum nächsten Termin fertiggestellt sein würde.

Nächster Termin

In unangenehmer Erinnerung an meine Zugfahrt stieg ich diesmal doch lieber auf das Auto um und kam ohne Behinderungen am Zielort an. Einer kurzen Lagebesprechung erfolgte eine unspektakuläre Behandlung auf der Liege.

Zusätzlich übermittelte mir die Heilerin den Wortlaut eines mächtigen Schutzmantras, das ich oft möglichst rezitieren oder eine MC damit besprechen und nebenher anhören sollte. Dadurch würde alles Negative von mir fern gehalten.

Als besonders wirkungsvollen Schutz empfahl sie mir das ständige Mittragen einer etwa 10 cm großen Figur, die sie vor mir aus Bienenwachs geformt und mit Energie belegt hatte. Diese würde die Angriffsenergien von mir weg und auf sich ziehen. Das extra für mich hergestellte Amulett hängte ich um und fühlte mich mit dem Rundum-Schutzpaket bestens versorgt und gegen jegliche Attacken gewappnet.

Rückfahrt

Beschwingt und mit dankbaren Gedanken begab ich mich auf die Rückreise. Gerade noch vor Vitalität und positiver Einstellung strotzend, kam völlig unerwartet die schon so oft erlebte Kombination der Angriffe bei mir an. Angefangen von Energiefluss und Hitzeglocke, gefolgt von einer absoluten Erschöpfung, der ich hilflos ausgeliefert war, wobei es mich viel Mühe kostete, diesen geschwächten Zustand zu überwinden.

Als Fortsetzung erfolgten schmerzhafte Stiche in Arme und Beine. Ich musste mich so sehr anstrengen, um überhaupt nach Hause zu kommen. Mit der Überlegung, dass die neuen Hilfsmittel vielleicht ein wenig Zeit für die volle Entfaltung der Schutzwirkung brauchen, tröstete ich mich.

Das Schutzmantra

Daheim angekommen, machte ich mich ans Werk und besprach einen Tonträger mit dem Schutzmantra, in ununterbrochener Aufeinanderfolge. Ich ließ die MC den ganzen Tag neben mir laufen, stellte das Gerät an mein Bett, um auch während der Schlafzeit durch das Mantra geschützt zu sein.

Zusätzlich klammerte ich mich an das neue Amulett und legte die schützende Wachsfigur neben mich. Jetzt kann mir nichts mehr passieren, dachte ich, und schlief beruhigt ein, was mir nach dem erlebnisreichen Tag nicht schwer fiel.

Panik

Es war so 1 Stunde vergangen, als ich in Panik hochfuhr, aufgewacht durch einen fürchterlichen Schmerz. Es fühlte sich an, als ob jemand mein Herz gewaltsam herausreißen und mich töten wollte. Ich empfand Todesangst und verließ sofort mein Bett.

Mit letzter Kraft schleppte ich mich zur Badewanne, und nach etwa 2 Stunden Badezeit waren meine starken Beschwerden verschwunden. Es blieben aber Bedenken, denn vielleicht war ich ja tatsächlich schwer krank, und bei diesen schlimmen Symptomen wäre es vielleicht besser, mir zur Abklärung eine ärztliche Diagnose erstellen zu lassen.

Diagnose

Ich wandte mich gleich am frühen Vormittag an einen Spezialisten, der die notwendigen Untersuchungen durchführte und mich an einen EKG-Apparat anschloss. Seine Assistentin verließ zur fachlichen Auswertung der Ergebnisse den Raum und ich wartete eine gefühlte Ewigkeit.

Endlich trat der Arzt mit einem beruhigenden Lächeln ein und stellte fest, dass mein Herz völlig gesund sei. Über diesen Umstand war ich unendlich erleichtert, andererseits zeigte sich, dass ich auf den erhofften Schutz absolut nicht bauen konnte.

Völlig entnervt entsorgte ich die total wirkungslose Wachsfigur, ebenso die Mantra-Kassette. Das Medaillon behielt ich noch, um wenigstens einen äußeren Anschein von Sicherheit zu haben. Der Ausflug hatte also nichts gebracht und ich stand wieder ohne Unterstützung da.

Schaden statt helfen

Eine gute Freundin wies mich darauf hin, dass sie auf einem Seminar eine Ärztin im Ruhestand kennengelernt habe, die in höchsten Tönen über ihre großartigen Fähigkeiten und Erfolge berichtete, worunter auch Abwehr dunkler Machenschaften zu zählen sei.

Da diese Dame nicht weit entfernt von mir wohnte, dachte ich an die Güte Gottes, die mir jetzt den dringend benötigten Beistand zukommen lässt. Unter der angegebenen Adresse erreichte ich ein großes Haus älterer Bauart, das einen renovierten Eindruck machte. Die etwa 60 Jahre alte Dame traf ich auf der Eingangsterrasse bei Pflanzarbeiten an. Im Sitzungsraum dominierte eine Stellagenanordnung mit Aura-Soma-Produkten.

Ich nahm auf dem Diwan Platz und harrte der Dinge, die kommen würden. Die Dame versuchte es mit einer meditationsähnlichen Einleitung, wobei ich mich zunehmend unwohler fühlte und mir klar wurde, dass die vorgegebene Kompetenz nicht vorhanden war, was ich aber höflichkeitshalber nicht aussprach.

Sie merkte wohl selbst, dass ihr die Sache über den Kopf wuchs und übertünchte dies mit unguten Ausfällen. Die Dame ließ sich sogar zu verbalen Angriffen hinreißen, was zwar nicht nachvollziehbar war, aber durchaus zerstörerisch wirkte. Es ging mir noch viel schlechter als zuvor.

Ich fühlte mich schrecklich, zahlte das fällige Honorar und fragte mich, ob sich alle, die solche Sachen anbieten, ihrer Verantwortung bewusst sind.

Anfrage

Da blitze eine gute Idee auf und ich wunderte mich, dass ich nicht schon früher darauf kam: Meine Rettung würde das Eingreifen der Meisterin sein.

Ich erinnerte mich an ihre Erzählung bei einem der Seminare. Sie wäre einmal um Hilfe gebeten worden, weil niemand mehr in der Lage gewesen war, etwas gegen einen bösartigen, mächtigen Magier auszurichten. Sie hätte es geschafft, und dabei war die Energie so stark, dass die Fenster des Hotels, in dem sie sich aufhielt, zersprangen.

Also ließ ich ihr von meiner ausweglosen Lage berichten und bat um Unterstützung. Mir könne schon geholfen werden, ich müsse nur persönlich vorbeikommen, hieß es. Bei meinem massiv angeschlagenen Befinden war so eine lange Fahrt nicht machbar, und so hoffte ich auf Verständnis. Mit Bestimmtheit wäre es möglich, mir auch aus der Ferne zu helfen.

Mit diesem Ansinnen nahm ich nochmals telefonischen Kontakt auf, wobei es hieß, die Meisterin würde täglich von hunderten Dämonen und Schwarzmagiern angegriffen, dabei handle es sich um andere Dimensionen als bei mir. Ich wäre nicht mal in der Lage, mit einigen Angreifern fertig zu werden.

Immerhin ließ man aber für mich beten, und dafür war ich auf jeden Fall dankbar.

Sein Schutzamulett

Krampfhaft überlegte ich nun, was ich tun solle, an wen ich mich wenden könnte, aber ich wusste niemanden. Da kam mir der Gedanke an den Kartenleger, er könnte mir helfen, aber andererseits ist er, mit ziemlicher Gewissheit, bei den Angreifern dabei, wenn nicht sogar der Haupttäter.

Ich versuchte meine diversen Bedenken zu unterdrücken, rief ihn an und bat ihn um Hilfe. In 2 Tagen solle ich vorbeikommen, er würde inzwischen einen wirksamen Schutz vorbereiten.

Diesem Termin sah ich mit zwiespältigen Gefühlen entgegen, und als ich dort ankam, konnte ich anfangs vor lauter Angst kaum einen Ton herausbringen, was ihm natürlich nicht entging und ihn entsprechend amüsierte. Ich hatte scheinbar einen guten Tag von ihm erwischt, denn der Kartenleger zeigte sich zwar überlegen, aber auch sehr freundlich, was mich schließlich beruhigte.

Natürlich wisse er von den Angriffen und wer alles dahintersteckt, bemerkte er mit spürbarer Genugtuung. Er fühlte sich wohl in seiner Machtposition und genoss diese Rolle in vollen Zügen. Ohne eine nähere Information preis zu geben, wechselte er schnell das Thema. Er präsentierte das für mich gedachte Schutzamulett. Es handelte sich um 3 kleine, dunkelbraune Rechtecke aus Leder, mit geschätzten 6 cm Länge, die an einem dunkelbraunen Lederband aufgereiht waren.

Die Rechtecke zeigten sich rundherum zugenäht und mit einem unsichtbaren Inhalt prall gefüllt, wobei es sich um wirksame Gebete handeln würde, wie der Kartenleger erklärte. Diese Teile seien sehr alt und mächtig, sie würden mich schützen und alle dunklen Verbindungen aus mir herausziehen.

Er wollte unbedingt noch sehen, welches Amulett ich um den Hals tragen würde, begutachtete es interessiert von beiden Seiten und fing dann amüsiert zu lachen an.

Dieses könne ich vergessen, es sei für meinen Fall viel zu schwach und biete mir keinerlei Schutz, schade um das bezahlte Geld. Ich kam mir ziemlich armselig vor und hätte ihm gerne etwas entgegengehalten, aber es war mir klar, dass er Recht hatte.

Er überreichte mir sein Schutzamulett und forderte mich auf, es gleich umzuhängen. Mein Zögern veranlasste ihn, mir tief in die Augen zu blicken und mit eindringlichem Ton seine Vertrauenswürdigkeit zu unterstreichen. Ich ließ mich darauf ein, weil ich keine andere Möglichkeit erkennen konnte.

Beim Kartenleger blitzte eine großzügige Seite auf, so ließ er sich weder diesen Termin, noch das Amulett bezahlen. Er begleitete mich in erstaunlicher Hochstimmung nach unten, um im Lokal nebenan seine besonders guten Freunde zu treffen, die ihm sehr viel bedeuten würden, sie seien extra zu ihm auf Besuch gekommen.

Verkehrter Schutz

Ich versuchte meine Zweifel beiseite zu schieben und bemühte mich um unterstützende Gedankenwahl. Tag und
Nacht trug ich sein Amulett und setzte große Stücke darauf. In 7 Tagen sollte ich mich telefonisch bei ihm melden und über die Wirkung berichten. Schon am ersten Tag
fühlte ich mich eigenartig, was sich am zweiten Tag deutlich verstärkte. Es schien mir, als würde etwas Aggressi-
ves mich überlagern und immer mehr von mir einnehmen.

Total verunsichert rief ich den Kartenleger an, um
ihm dieses Gefühl mitzuteilen. Das seien nur Zeichen der
Reinigung, erwiderte er in ungehaltenem Ton, es brauche
eben seine Zeit.

Ich fügte mich und so kam Tag Nr. 3. Mir ging es
inzwischen so schlecht, dass ich mich schon tagsüber auf
die Matte auf dem Boden legen musste. Ich fühlte deutlich, wie sich große Spiralen um mich legten, die versuchten, etwas aus meinem Körper zu ziehen, alles drehte sich,
mir war furchtbar schlecht, es fühlte sich so an, als würde
ich jeden Augenblick sterben. Verzweifelt hielt ich mich
am rettenden Amulett fest. Ich war schon beinahe weggetreten, als ich, meinem letzten Impuls folgend, das Amulett in weitem Bogen von mir warf.

In diesem Moment verschwanden alle vorherigen
Phänomene, eine beruhigende Ruhe dehnte sich aus, ich
konnte durchatmen und trocknete meine Tränen. Ich war
wieder ich selbst, mein Herz schlug sich auf die gewohnte
Frequenz ein und meine Psyche stabilisierte sich.

Entlastung

Ich überlegte, wie ich reagieren sollte, um mich nicht noch mehr in Gefahr zu bringen und hütete mich vor weiterem telefonischem oder persönlichem Kontakt mit dem Kartenleger. So entschied ich mich für ein unverfängliches Päckchen.

7 Tage lang legte ich das Amulett in Salz, welches ich täglich erneuerte, mit der Absicht, die ihm anhaftende negative Energie so zu neutralisieren. Ob es mir gelungen ist, weiß ich nicht.

Ich schickte es dem Kartenleger dann mit der Post zu, bereichert durch einige Präsente, die als Ausgleich für den geschenkten Termin gedacht waren. Im Brief bedankte ich mich für seine Bemühungen und ließ vorsichtig anklingen, dass sich der erwünschte Erfolg nicht eingestellt habe, woraufhin ich nichts mehr von ihm hörte.

Begegnung

Einige Zeit später traf ich den Kartenleger zufällig bei einem Einkauf im Gartencenter. Er fragte mich ganz harmlos, ob das Amulett geholfen hätte. Ich verneinte und bemerkte, dass er dies wohl selbst am besten wüsste.

In diesem Moment war unsere kurze und förmliche Unterhaltung beendet, da seine Frau, vom Kassenbereich kommend, daher gestürmt kam, mich völlig ignorierte und ihrem Mann einen zischenden Befehl erteilte. Er ließ dies über sich ergehen, murmelte zerstreut ein Abschiedswort und beeilte sich, seiner Gattin schnellstens zu folgen.

Schrecklich

Meine Lage wurde noch schwieriger, nichts und niemand schien mir helfen zu können, die Angriffe gingen nicht nur unvermindert weiter, sie nahmen mengenmäßig sowie an Intensität weiter zu. Die dunkle Loge blies zu einer Großoffensive, die gnadenlosen Attacken liefen 3 Tage und 3 Nächte pausenlos durch. Ich hatte kein Auge zugetan, war so geschwächt wie noch nie und empfand den Gedanken zu sterben als Erlösung.

Gerade hielt ich mich, im Laufe der dritten Nacht, im Wohnzimmer auf, als sich ein außergewöhnlich starkes Beklemmungsgefühl bemerkbar machte. Es schien so, als würde sich etwas Schlimmes im Vorfeld ankündigen. Das erfüllte mich mit einer großen Portion Furcht. Ich wollte dies schon als mögliche Halluzination wegen Schlafentzug abtun, als sich ein kalter, bedrohlicher Energiestrom im Raum zu manifestieren begann, begleitet von lauten Geräuschen. Ich war vor Entsetzen wie erstarrt und griff Hilfe suchend nach dem großen, gesegneten Holzkreuz neben mir. Für eine andere Maßnahme blieb keine Zeit mehr.

Bei meinen unerbetenen Besuchern identifizierte ich die Anwesenheit des Kartenlegers, in Begleitung einer grauenvollen, sehr mächtigen und mir feindlich gestimmten Kraft. Man wollte meiner habhaft werden, ich konnte mich nicht wehren. In tiefster Verzweiflung rief ich immer wieder „Jesus Christus!" Es war das Einzige, was ich in diesem Augenblick noch konnte. Im wirklich allerletzten Moment griff die göttliche Macht ein, der Kartenleger und der Dämon wichen.

Ich fiel schluchzend auf die Knie, um für meine Rettung zu danken. Selbst jetzt, viele Jahre danach, kommen mir beim Schreiben die Tränen. Ich hatte schon viel durchgemacht, aber diese schrecklichen Augenblicke waren das Schauerlichste, das ich je erlebt habe.

Der Entschluss

Ich hörte mit allen Schutzmaßnahmen auf. Meine bitteren Erfahrungen hatten mich gelehrt, dass ich mich weder auf Bilder, Amulette, Übungen, Mantras, Rituale, Räucherungen und dergleichen mehr verlassen konnte.

Es war offenbar Gottes Wille, dass ich noch nicht sterbe, also wollte ich herausfinden, aus welchem Grund ich im Visier des Bösen stehe.

Überlegung

Es gab nur noch einen Weg für mich, den nach innen. An sich hatte ich immer schon versucht, mich zu verbessern und weiterzuentwickeln, um das Lichtvolle vermehrt ausdrücken zu können. Offenbar war aber meine Ausrichtung zu einseitig gewesen, da ich alles Dunkle weit von mir geschoben hatte. Es hieß also jetzt, tief in der eigenen Dunkelheit zu graben.

Mich klein zu machen, in Opferhaltung zu ducken, jahrelang verzweifelt um den Erhalt meines Lebens kämpfen zu müssen, kann doch nicht der Sinn meiner Existenz sein! War dieses Leid vielleicht eine Strafe für vergangene, ähnliche böse Taten in früheren Leben, oder handelt es sich um eine Prüfung, an der ich wachsen sollte?

Vielleicht findet sich die Wurzel des Übels in Programmen der Selbstzerstörung, oder sind negative Glaubensmuster der Ursprung? Eventuell könnte es mit meinen Ahnen zusammenhängen, überlegte ich.

Vergangenheit

Als Erstes versuchte ich es mit einem Sprung in frühere Leben, um eventuelle schlimme Taten von mir aufzudecken, deren Schuldspur bis ins jetzige Leben führen könnte. Dabei war es mir inzwischen egal, ob ich irgendwann diesen oder jenen berühmten Menschen verkörpert habe, was würde es mir auch nützen? Als wichtig erachtete ich nur mehr die Essenz und das noch nicht Gesühnte.

Auf dem Gebiet der Rückführung hatte ich in den vergangenen Jahren bereits genug Erfahrung gesammelt. Wenn ich nach einem Hinweis suchte, versetzte ich mich im Entspannungszustand in frühe Existenzen, die wie bei einer Filmvorführung abrufbar sind.

Es handelte sich dabei ausnahmslos um Leben, in denen ich zu leiden hatte. Meistens wurde diese Sicht von reichlichem Tränenfluss begleitet. Es galt, diese quälenden Ereignisse nochmals anzusehen, sie dann mit Vergebung zu umhüllen und letztendlich loszulassen.

Sich selbst unschuldig und als Opfer zu sehen, berührt einen beträchtlich, aber viel schlimmer erschien es mir, einige meiner Täterleben aus der Verdrängung zu holen, und so begab ich mich auf eine unbequeme Reise zu meiner dunklen Seite vergangener Leben.

Missetaten

Nach und nach tauchten Einblicke auf, die mir nicht angenehm waren. Ich entdeckte mich in diversen unrühmlichen Situationen. Es wäre durchaus denkbar, dass ich daraus resultierende Schuldgefühle und nach sich ziehende Selbstbestrafungstendenzen in dieses Leben mitgebracht habe, sozusagen als Sühneopfer.

Sorgfältig setzte ich mich mit den gezeigten Szenen auseinander, indem ich bewusst die Verantwortung dafür übernahm. Ich bat die göttliche Schöpfung und meine damaligen Opfer, worunter ich auch den jetzigen Kartenleger entdeckte, vielmals um Verzeihung, wonach ich versuchte, auch mir selbst zu vergeben.

Mir wurde klar, dass vor einem Leben als Opfer zumeist ein Leben als Täter steht, so bemühte ich mich, auch meinen Angreifern in diesem Leben die schlechten Taten nachzusehen, sie zu segnen, für sie zu beten und ihnen alles erdenklich Gute zu wünschen.

Dies fühlte sich viel besser an, statt sich zu beklagen, Rachegedanken zu hegen und zu verurteilen, was ja im Endeffekt wieder auf mich zurückfallen würde. So gesehen fühlte ich mich dadurch erleichtert, doch das reichte nicht aus, um die Angriffe zu stoppen.

Familienstellen

Als nächstes nahm ich die Suche nach familiären Verstrickungen in Angriff. Dafür schien mir systemische Psychotherapie, das sogenannte Familienstellen nach Bert Hellinger, die ideale Methode zu sein.

Die Mitwirkenden solch eines Prozesses platzieren sich im Kreis und der jeweilige Aufsteller trägt sein Anliegen vor. Dann wählt er intuitiv Stellvertreter für sich und jene Menschen aus, die in sein Thema verstrickt sind, deren Rollen die Stellvertreter bei der Aufstellung übernehmen sollen. Diese positioniert er nach seinem Gutdünken im mittleren Raum, dann wird er zum stillen Beobachter.

Dann führt der Psychologe. Die Geschichte entfaltet sich eigenständig, die Stellvertreter fühlen, denken und handeln während der Aufstellung genauso wie die Person, für die sie stehen. Die zum Teil auch noch unbewussten Konflikte finden ihren Ausdruck, wobei vom Leiter durch seine fachliche Kompetenz versucht wird, das sich entwickelnde Geschehen in sanfter Weise zu lenken, auszugleichen und notwendig erachtete Positionswechsel zu begleiten.

Das Ziel besteht darin, im aufgestellten System, wo alle miteinander in Beziehung treten, eine Konfliktlösung zu erarbeiten, wo jeder eine ihm angenehme, harmonische Position erreicht.

In das entstandene Abschlussbild wird der Aufsteller dann noch selbst integriert, und wenn er sich auf seinem Platz gut fühlt, ist die Aufstellung dann beendet. Er bedankt sich bei den Mitspielern und entlässt sie aus ihren Rollen.

Meine Herkunftsfamilie

Eine solche Möglichkeit bot sich vor Ort unter der Leitung eines Psychologen. Ich stellte meine Herkunftsfamilie auf und beobachtete die sich vor mir abspielenden Szenarien.

Es war unglaublich, wie jeder, der für eine Person stand, deren typische Art im Bewegen, Denken und Sprechen annahm. Ich hatte dieses Ausmaß der Authentizität zuvor nicht für möglich gehalten. Die Aufstellung war für mich sehr interessant und hilfreich, wobei sich kein Zusammenhang zwischen den Angriffen und einer Familienbelastung zeigte.

Der psychologische Experte vertrat diese Methode vorbildlich und zeigte großes Einfühlungsvermögen. Einige der Teilnehmerinnen kannte ich bereits, auch die anderen verhielten sich sehr freundschaftlich und trugen viel zu einer guten Endlösung bei.

Die Räumlichkeit im Keller eines Privathauses hatte kleine Ausmaße, gestaltete sich aber sehr gemütlich und angenehm. Die aufmerksame Gastgeberin verwöhnte uns in der Pause mit Kuchen, Keksen und feinem Tee. Da konnte man nur Lob verteilen und sich bedanken.

Ganz anders

Das Erlebte brachte mich auf eine Idee. Es wäre sinnvoll, bei einer weiteren Aufstellung meine aktuelle Situation zu beleuchten und die Person des Kartenlegers mit einzubeziehen. Dies würde seine Machenschaften in das Blickfeld rücken, worauf man dann vielleicht einen positiven Einfluss nehmen könnte.

Es war schade, dass in meinem Wohnort Familienaufstellungen nur sehr selten stattfanden, sodass ich mich nach einem anderen Angebot umsah. Im Gemeindezentrum wurde ich freundlich begrüßt und gleich per „Du" angesprochen, wie es bei solchen Veranstaltungen üblich ist. Man konnte sich aus einem reichlichen Angebot diverser Süßigkeiten und Teesorten bedienen. Ein breit gefächertes Sortiment themenbezogener Bücher war ausgelegt, wobei die Exemplare auch erworben werden konnten. Die Aufstellung fand im angrenzenden Saal statt, der von ausladend großen Fensterfronten umrahmt wurde. Die Bestuhlung bot Platz für die geschätzte Teilnehmerzahl von 25 Personen. Es handelte sich hier um ein eingespieltes Team

Da ich niemanden kannte, war es für mich nicht angenehm, im Blickfeld zu stehen. Allerdings empfand ich die Beteiligten als mir gegenüber positiv oder neutral gesonnen, mit dem Leiter hingegen gab es Diskrepanzen. Er zeigte sich unerwartet autoritär und legte sich auf seine alleinigen Interpretationen fest, sodass dem Bild nur wenig ausreichend eigenständige Möglichkeit zur Entfaltung geboten wurde.

Trotz allem hat sich eines klar heraus kristallisiert: Die Frau, die mich dargestellt hatte, zeigte große Angst, und dies nicht ohne Grund. Der Rollenspieler des Kartenlegers fixierte meine Darstellerin ununterbrochen, ohne seinen Blickkontakt abzuwenden.

Er kam langsam näher, worauf meine Vertreterin wie tot umfiel und sich nicht mehr rührte, was mich als Beobachterin bestürzte, den Leiter aber zu der süffisanten Deutung veranlasste, dieses Bild würde zeigen, dass ich frigide sei.

Mit Anweisungen von ihm wurde dieser erstarrte Zustand wieder aufgehoben und die Frau in meiner Rolle flüchtete an den Begrenzung des Saales, wobei der Vertreter des Kartenlegers sie von seinem Standpunkt aus weiter nicht aus den Augen ließ. Als keine räumliche Ausweichmöglichkeit mehr vorhanden war, befahl der Leiter, die Frau möge jetzt auf den Mann zugehen. Dies stimmte offensichtlich nicht mit ihrem Wunsch überein.

Wie bei einem Bann war es ihr unmöglich, in Richtung des Mannes zu gehen. Erst nach mehrmaliger Aufforderung des Leiters und einigen vergeblichen Versuchen erreichte sie, mühevoll und gegen ihren Willen, den Mann, der sie breit grinsend in den Arm nahm, was den Leiter so entzückte, dass er dieses Bild 5 Minuten im Raum stehenließ und mich dabei triumphierend anblickte.

Jedenfalls war ich sehr unzufrieden und verärgert, was sicher nicht der Sinn einer Aufstellung sein sollte. Der Leiter war intensiv damit beschäftigt, mich mit allen Mitteln zu demütigen und vorzuführen, was ihm eine Befriedigung zu verschaffen schien. Er verabschiedete mich eilig, verbunden mit ein paar blöden Bemerkungen, sodass ich weder die Möglichkeit bekam, die Stellvertreter aus ihrer Rolle zu entlassen, geschweige denn, mich ins Abschlussbild einzufühlen.

Die Erfahrung lehrte mich, dass auch die beste Methode mit deren Handhabung und Interpretation steht und fällt, wobei persönliche Machtdemonstrationen bei therapeutischen Verfahren vollkommen ungeeignet und kontraproduktiv sind.

Ich werde erwartet

Das Familienstellen blieb weiterhin für meine Zwecke die bestmögliche Methode, deshalb suchte ich nach einer anderen Gelegenheit. Diese offerierte sich durch ein Inserat in der hiesigen Tageszeitung. Dass ich nicht weit zum Seminarort hatte und die Leiter des Kurses psychologische Kenntnisse hatten, machte mir den Entschluss leicht.

Bei meiner Nachfrage und Terminierung stellte ich verwundert fest, dass mein Name dort bekannt war und mein Anruf keineswegs überraschte.

Vorbereitung

Das Seminarzentrum lag abgelegen im Grünen, sehr weitläufig, mehrere Stockwerke umfassend. Ich war wie erbeten eine halbe Stunde früher dort, da ich vor der Aufstellung, wie es hieß, zur Ruhe kommen sollte.

Die Leiterin führte mich in einen Einzelraum, dem vorgesehenen Ort für meine Entspannung. Sie war bemüht und freundlich, sodass ich ihrer netten Aufforderung, mich auf die bereitstehende Liege zu begeben, gerne nachkam, obwohl aus meiner Sicht keine Notwendigkeit bestand.

Die Dame meinte, zu meiner Unterstützung sei es wichtig, meine linke Hand auf eine Reliefplatte zu legen, wobei sie mir eine mit Buddha-Figur und eine mit Marienbild zur Wahl stellte, für die ich mich entschied. Ich machte es mir auf der Liege bequem, den Kopf Richtung Wand, die Beine zeigten zum Fenster.

Ich bekam die dunkle, etwa 20 cm im Quadrat große Platte unter meine empfangende linke Hand geschoben, die ich mit der Innenseite nach unten auflegen und bis ich abgeholt würde darauf belassen sollte. Noch bevor ich mir Gedanken dazu machen konnte, empfand ich eine intensive Bewegung bei meinem Kronen-Chakra, und schon folgte ein sehr starker Energiefluss über den Kopf, genau in der Art, wie sonst die Angriffe eingeleitet wurden.

Ich erschrak, konnte keine Erklärung dafür finden und überlegte, wie ich auf diesen Umstand reagieren sollte. Das ausgesuchte Marienbild wurde mir suspekt und ich zog schnell die Hand darüber weg, was den Energiefluss deutlich minimierte. Ich versuchte die Hand aber in Bereitschaft zu halten, um diese bei Kontrolle sofort wieder in der erwünschten Position zu haben. Einige Male ging tatsächlich die Tür auf und die Leiterin oder deren Lebensgefährte erkundigten sich nach meinem Befinden.

Ich fühlte mich beklemmt und eingeengt, weshalb ich diese unerwartete Situation mit stillen Gebeten aufhellte. Ich war wirklich froh, als ich den Raum verlassen konnte.

Beim Hinausgehen fiel mir direkt hinter der Liege, genau dort, wo mein Kopf lag, eine archaisch anmutende, dunkle, ziemlich grob gearbeitete Büste auf, die irgendwie bedrohlich wirkte. Sie hatte sicher mit der ominösen Energieeinstrahlung zu tun, vermutete ich.

Jemand hatte mir einmal erzählt, dass der Kartenleger so eine Art Büste für viel Geld verkaufen wollte, was mir als eigenartiger Zusammenhang erschien.

Aufschlussreich

Im Nebenraum angekommen, blieb keine Zeit für weitere Überlegungen, denn hier hatten sich schon die Teilnehmer versammelt. Nach langatmiger Einführungsrede durch den Leiter folgte die Vorstellungsrunde. Danach erhielt jeder einen Notizblock, auf den man seinen Namen vermerken und die Erwartungen an diesen Kurs aufschreiben sollte.

Die Maßnahme erschien mir unlogisch, zumal diese Frage schon zuvor von allen beantwortet worden war und mehr als 2 Begründungen sowieso nicht herauskamen. Die fast leeren Blöcke sammelte man anschließend ein.

Unsere Gruppe bestand aus 10 Personen, wovon alle an der Aufstellung beteiligt waren. Meine Auswahl der Stellvertreter erfolgte ohne jegliche Personeninformation. Auch die Rolle des Kartenlegers hatte ich nur mit seinem weit verbreiteten Vornamen verbunden.

Es entstanden beeindruckende Bilder, die sich sehr aussagekräftig zeigten. Deutlich war zu erkennen, dass der Kartenleger als Dreh- und Angelpunkt für Blockaden und bösartige Manipulationen fungiert und ein verstecktes, negatives Machtspiel mit Einflussnahme betreibt.

Die Leiterin des Zentrums flippte in ihrer Stellvertreterrolle außergewöhnlich aggressiv gegen meine Stellvertreterin aus, wobei sie sich so hineinsteigerte, dass ihr Lebensgefährte sie zur Mäßigung rufen musste, was mir schon etwas eigenartig vorkam.

Die Führung des Leiters erlebte ich als lösungsorientiert und sensibel, allerdings rückte die Rolle des Kartenlegers auffallend in den Hintergrund, ansonsten fand ich diese Aufstellung gut und kompetent.

Informationen

Tage später erhielt ich einen Anruf der Leiterin des Zentrums. Es wäre sehr wichtig, ich möge unbedingt baldigst zu einem Gespräch vorbeikommen, es handle sich um den Mann mit Namen XY von meiner Aufstellung. Da es die Person des Kartenlegers betraf, war mein Interesse sofort geweckt und wir einigten uns auf einen Termin im Seminarzentrum.

Ich wurde in überaus gastfreundlicher Atmosphäre empfangen. Man bot mir einen Einblick in den frisch renovierten Übernachtungsbereich. Die besichtigten Zimmer gefielen mir gut, die Farben und das Mobiliar wirkten hell, wohnlich und freundlich. Dann ging es weiter in den Gesprächsraum, wobei ich ungeduldig auf den Zweck dieser Zusammenkunft wartete.

Der Mann, um den es sich bei meiner Aufstellung handelte, wäre bestimmt der Herr Z. Ich würde offenbar, so wie sie auch, von ihm verfolgt. Sie betonten, dass sie mir helfen wollen und forderten mich auf, über meine Erfahrungen zu berichten.

Ich erzählte ihnen bereitwillig von der Firma in der Schweiz, mit demselben Logo wie auf den früheren Visitenkarten des Kartenlegers, erwähnte sein Domizil in der Nähe, welches er seit kurzem mit seiner Frau bewohne. Ich berichtete von den furchtbaren Angriffen und erwähnte auch die unerklärliche Sache mit dem jungen Mann im Zug. Über diesen wollten sie genau wissen, wie er aussah, und sie diskutierten miteinander, wer von ihren Bekannten es gewesen sein könnte, was mich total verwirrte.

Sie fragten mich auch, ob ich eine Operationsnarbe am Körper des Kartenlegers gesehen hätte und von seiner Krankheit wüsste. Vermutlich wollten sie durch die Antwort meinen Bekanntheitsgrad zu diesem Mann ausloten.

171

Ob ich Geschenke von ihm erhalten habe, schien ebenso wichtig zu sein, vor allem auch, wie und mit was ich versuche, mich zu schützen. Sie selbst seien längere Zeit mit dem Kartenleger in Verbindung gewesen und sie kannten auch den anderen Reiki-Meister gut. Dieser wolle immer mehr Macht und würde stetig geldgieriger.

Der Kartenleger beabsichtigte, in ihrem Zentrum eine schwarzmagische Ausbildungsstätte aufzubauen, was sie aber nicht zugelassen haben. Sie hätten sich von ihm getrennt und würden seitdem schlimm angegriffen. Große Sorgen machen sie sich um ihre Kinder, dass der Kartenleger ihrer habhaft werden könnte, denn dieser sei unberechenbar und man höre über ihn und seinen Freund immer noch schlechtere Dinge, sogar von Übergriffen sexueller Art.

Ihnen habe er Sachen mitgegeben, woraufhin sich kurzzeitig alles im Guten zeigte, aber bald habe sich die Wirkung umgekehrt und dadurch hätten sie 10 Häuser ihres Besitzes verloren. Dem Kartenleger und seinem Komplizen müsse rasch das Handwerk gelegt werden.

Eine spontane und unbedachte Äußerung der Frau, sie hätte den Kartenleger vor 3 Tagen aufgesucht und einen Ring von ihm geschenkt bekommen, ließ mich bald an einigem zweifeln. Natürlich gehe man jetzt getrennte Wege, wurde schnell nachgereicht, sogar seine Gedichtbücher habe er zurückverlangt. Dazwischen kam ein Telefonat, soviel ich verstand aus Teneriffa. Irgendwie hatte ich das Gefühl, es habe etwas mit mir zu tun.

Ich trug meine Ausgehkette mit kleinem Anhänger um den Hals. Diese Kette sei mit schlechten Strahlungen behaftet und würde mir schaden, ich möge sie ihm geben, forderte mich der Mann auf, er würde sie für mich in ein positives Schwingungsfeld umwandeln. Ungern zog ich die Kette aus, die er Minuten in seinen Händen hielt.

Seitdem hatte ich keine Freude mehr am Tragen dieses Schmuckstückes und trennte mich schließlich davon. Ansonsten hat mir das Treffen einiges gebracht. Vor allem gab es neue Informationen über den Kartenleger, sodass ich mir ein noch besseres Bild machen konnte.

Man habe sich entschlossen, meinte die Leiterin, gegen den Kartenleger und seinen Freund vorzugehen, ihnen das Handwerk zu legen, und möchte mich als zuverlässige Mitstreiterin gewinnen. Ich hatte aber keine Lust, mich darauf einzulassen und gab ihnen zu verstehen, dass ich meine Angelegenheiten lieber selbst regeln wolle.

Zuhause versuchte ich, das Gespräch zu rekonstruieren, wobei mir etliche Ungereimtheiten und Widersprüche auffielen, aus denen ich nicht schlau wurde.

Letztes Aufstellen

Da ergab sich eine neue Gelegenheit für eine Familienaufstellung in meinem Wohnort mit dem bekannten, feinfühligen Psychologen, in denselben Räumlichkeiten, mit der freundschaftlichen Runde und der netten Gastgeberin.

Also wagte ich noch einen Versuch und stellte so nochmals einen Stellvertreter für den Kartenleger auf. Es zeigte sich dabei ebenso eindeutig, dass dieser mit dunklen Machenschaften behaftet ist, wortwörtlich hieß es, dass es ihn nach unten ziehe.

Unheimliche Manipulationen waren für alle Beteiligten erkennbar, was für den Psychologen eine echte Herausforderung darstellte. Natürlich half mir die Bestätigung für die Lösung meines Problems nicht wirklich, aber sie festigte meine Gewissheit, die immer wieder durch diverse Hinterfragungen getrübt wurde.

Überraschender Besuch

2 Wochen später, kurz vor 9 Uhr morgens, erhielt ich ein unerwartetes Telefonat. Die Leiterin des Zentrums informierte mich, dass sie mit ihrem Lebensgefährten in Kürze bei mir eintreffen würde, um unsere Wohnräume von negativen Einflüssen zu befreien.

Überrumpelt wehrte ich schnell ab und verlegte ihr Kommen auf den Nachmittag. Ich hatte um keinerlei Hilfe gebeten, aber es schien mir unhöflich, abweisend zu reagieren, zumal sie mit guten Absichten kommen würden.

Der Tag bis zu diesem Zeitpunkt war geprägt von außergewöhnlich starken Angriffen, die in laufender Folge durchkamen. Zusätzlich passierte ein Malheur nach dem anderen, und 1 Stunde vor dem Termin ging es zusätzlich enorm auf meine Psyche. Ungewöhnlicher Weise brachte ich den ganzen Tag nicht ein einziges Gebet zustande, alles schien unter einer absoluten Blockade zu stehen. Das Paar erschien pünktlich, der Mann preschte wie wild voraus, indem er laut rief, dass alles hier dunkel sei und er sofort in jedes Zimmer müsse.

Seine Augen waren auffallend gerötet, das Aggressionspotenzial pochte beängstigend, was mich beunruhigte. Es gelang mir aber, ihn von seinem Vorhaben abzuhalten und den Besuch in das Wohnzimmer zu leiten, wo ich Kuchen und Tee vorbereitet hatte, dies schien zu besänftigen.

Beide trugen ein durchsichtiges, mit einem Deckel verschlossenes Glas, gefüllt mit wässrig aussehender, unbekannter Flüssigkeit bei sich. Sie stellten es, so wie ihre Aktentasche, neben sich auf den Tisch. Sie versuchten im Gespräch alles, mich aus meiner Reserve zu locken und nahmen mich geschickt ins Kreuzfeuer.

Sie hatten sich sicher vorgenommen, mich über Gefühle der Eitelkeit und des Hochmuts zu Fall zu bringen, denn sie lobten meine Fähigkeiten ausladend und verstrickten mich in fachliche Diskussionen. Dass meine Besucher von ihren beruflichen Belangen wirklich viel verstehen, davon war ich überzeugt.

Dann brachten sie das Thema Kartenleger auf den Tisch. Er habe Angst vor mir, behaupteten sie, was ich ungläubig vernahm und null verstehen konnte. Vielleicht war es ihm zuwider, dass ich ihm auf seine Schliche gekommen bin. Der Kartenleger leite eine mächtige, schwarzmagische Loge, die sehr gefährlich sei und vor allem auf Tötungsdelikte spezialisiert ist. Sie nannten den Namen der bevorzugten Ritualmethode und meinten, dass zwar auch zerstörende Voodoo-Praktiken angewandt würden, welche aber noch lange nicht die stärksten Methoden seien.

Es gehe um Macht und Geld, wobei auch entsprechende Auftraggeber, die jemanden beseitigt haben möchten, eine nicht unerhebliche Rolle spielen würden.

Die vom Kartenleger verschenkten Dinge seien negativ besprochen und erleichtern den Zugang zum angepeilten Opfer. Bei religiösen Devotionalien wie Kreuzen oder Bildern würde auf der Rückseite ein kleiner Nagel angebracht, der das positive Symbol in sein Gegenteil umwandelt. Weiter kommen in den Räumen deponierte verfluchte Gegenstände dazu, die alles rundherum infizieren, sodass die Angegriffenen sich andauernd in dieser schädlichen Strahlung aufhalten, ohne es zu wissen.

Ein oft genützter Ort für ein Versteck sei die Toilette, dort könne man ungestört solche Dinge hinterlegen und niemand wird Verdacht schöpfen. Inzwischen wanderten ihre Blicke ungeniert durch das Wohnzimmer. Bei meinem Schreibtisch hatte ich in Augenhöhe einige kleine Heiligenbilder angebracht, die meinen Geist beflügelten und auf mich energiestärkend wirkten.

Die Frau fragte mich, welches Bild mir am meisten bedeute. Sie visierte es an, was sie auch bei anderen Gegenständen der Einrichtung fortsetzte. Danach führte der Weg in den Vorraum, wobei sie ein Jesus-Bild als besonders belastet darstellte. Ein Abdruck eines Gemäldes von Leonardo da Vinci müsse ich auch sofort abhängen, da der Kartenleger bevorzugt mit diesen Bildern arbeiten würde.

Auch Steine und Edelsteine seien beliebte Objekte für die negative Beschallung. Ich versicherte meinen Gästen ausdrücklich, ihre Ratschläge getreulich zu beherzigen, verabschiedete sie, bedankte mich höflich für deren Hilfe und erklärte, dass dies jetzt bestimmt ausreiche und die Besichtigung der anderen Räume nicht mehr nötig sei.

Übereinstimmung

In meinen folgenden Überlegungen fiel mir etwas auf: Der Kartenleger erwähnte damals, als ich das Amulett abholte, dass seine besonders guten Freunde im Eiscafé nebenan auf ihn warten würden.

Interessanterweise deckte sich der Ort, von dem sie kamen, mit dem des Seminarzentrums. So lag für mich die nachvollziehbare Vermutung nahe, dass vielleicht die Leiterin und ihr Lebensgefährte mein Amulett hergestellt und mitgebracht hatten.

Folge

Immer wenn jetzt mein Blick beim Schreibtisch zum Lieblingsbild wanderte, konnte ich mich des Eindruckes nicht erwehren, dass mich statt der gütigen Augen ein echt böser Blick beobachtete, woraufhin ich dieses Bild und alle anderen Heiligenbilder entfernte.

Denselben Weg nahmen auch die Bilder im Vorraum, die schön gemalten Engelbilder schienen nicht mehr die positive Ausstrahlung zu haben wie zuvor, ebenso die wertvoll geschnitzte Statue der Heiligen Familie. Ich fühlte mich daneben unwohl, besonders wenn ich mit dem Rücken zu ihr stand.

Die großen Edelsteine und Halbedelsteine, die das Wohnzimmer schmückten, die ich besonders gerne mochte, entwickelten sich täglich mehr zur Quelle unerklärbarer negativer Energieausstrahlung. Alles Räuchern und Reinigen half nichts, die vormals angenehme Energie blieb trotz aller Maßnahmen schlecht, sodass ich mich letztendlich dazu entschloss, diese Gegenstände zu entsorgen.

Sehr gerne hätte ich sie einer Bekannten geschenkt, doch ich konnte es nicht verantworten, dass durch die belasteten Gegenstände ihr und ihrer Familie irgendein Schaden entstanden wäre, was sie nicht verstehen konnte und mir deshalb die langjährige Freundschaft aufkündigte.

Natürlich kam ich mir bei dieser Aktion nicht gerade toll, geschweige denn lobenswert vor und hatte deswegen starke Gewissensbisse. Es war aber klar zu spüren, dass mit jedem belasteten Teil, von dem ich mich trennte, eine spürbare Verbesserung des Raumes eintrat, was dringend notwendig war, denn inzwischen dehnten sich die Angriffe auch auf meine Familie aus.

Erweiterung

Freude war zu dieser Zeit aus meinem Leben gewichen, aber trotz aller Bemühungen der Gegenseite konnte man mich nicht endgültig unterkriegen. Wahrscheinlich kam es deshalb zu einer Strategieerweiterung, die meine Familie direkt miteinbezog. An ein halbwegs normales Leben war schon lange nicht mehr zu denken, es ging nur noch um das Überleben.

In meinem schon 7. Leidensjahr musste ich mit Erschrecken feststellen, dass vor allem mein jüngerer Sohn jetzt vermehrt in die Angriffe miteinbezogen wurde, zumal er die Jahre zuvor neben mir durch meine schlimmen Zustände schon genug mitgemacht hatte und ich es ohne seinen hervorragenden Beistand und seine bemerkenswerte psychologische Unterstützung niemals bis heute geschafft hätte. Besonders schlimme Attacken gegen mich kamen jetzt auch bei ihm an, entweder einige Minuten zuvor oder danach, mit derselben Symptomatik.

Erstaunlicherweise deckten sich unsere, unabhängig voneinander gemachten Aufzeichnungen, bei Vergleichen ganz genau. Es herrschte dazu eine vollkommene Stagnation aller Dinge, was uns wirklich zur Verzweiflung brachte und entsprechend schwächte.

Die Schwarzmagier machten nicht einmal vor meiner lieben, betagten Mutter halt, die jetzt auch unter den mir bestens bekannten Albträumen und Angriffsarten zu leiden begann, was mich besonders traurig machte.

Das Fest

Der runde, 90. Geburtstag meiner lieben Mutter kündigte sich durch verstärkte Angriffe an, sodass ich diesen Tag nur schwer überstehen konnte und in der Nacht so gequält wurde, dass der Schlaf ganz ausfiel.

Es war ein Wunder, dass die Feierlichkeit ein positives Ereignis wurde und die Besucher gar nichts von meinem Zustand bemerkten, allerdings waren 3 Salzbäder am Tag zwischendurch nötig, um die Form wahren zu können. Es war mir ein Rätsel, wie es weitergehen sollte.

Auf der Suche

Ich erinnerte mich an die Bemerkung des Paares vom Seminarzentrum, dass man bevorzugt auf den Toiletten negativ besprochene Gegenstände deponieren würde. Vielleicht war dies auch bei uns der Fall, jedenfalls wäre es eine Suche wert. Um doppelgleisig zu fahren, fertigte ich genaue Pläne unserer Räumlichkeiten an und faxte diese an das Geistheilungszentrum, mit der Bitte, anhand der hellsichtigen Fähigkeiten eventuelle Stellen zu finden, wo solche Teile lagern könnten.

Die Antwort kam rasch, wobei einige Stellen mit dort deponierten, schwarzmagischen Hinterlassenschaften gekennzeichnet waren.

Entdeckt!

Im oberen Stock unserer Wohnung kreuzten sie eine Stelle im Bad meiner Mutter an, genau dort, wo sich der Heizkörper befand. Zuvor hatten wir den Raum als ersten unter die Lupe genommen, da uns aufgefallen war, dass meine Mutter, besonders abends, wenn sie sich länger im Bad aufgehalten hat, irgendwie komisch war, als hätte man ihr Denken beeinflusst, was sich kurz darauf wieder normalisierte.

Wir fanden aber nichts und wollten schon die ganze Sache als Einbildung ablegen, allerdings dachten wir nicht an den Heizkörper. Dies holten wir nach, und siehe da, wir wurden fündig: Unter dem Abdeckgitter der Zentralheizung entdeckten wir einen sauberen Gegenstand aus edlem Holz, etwa 5 cm lang, mit herausgearbeiteter Nasenstruktur und aufgemalten Augen.

Er hatte die Form eines Dreiecks, mit Spitze nach unten, und erinnerte an Abbildungen von Teufelsfratzen.

Wir waren geschockt und verängstigt, es war uns völlig rätselhaft, wie dieses unheimliche Teil dort hinkam, aber eines war jedenfalls sicher: Es hatte eine grauenvolle Ausstrahlung. Wir entschlossen uns für eine sofortige Entsorgung im fließenden Wasser des Flusses.

Weitere Funde

Im Eingangsbereich befand sich auf einer Kommode ein Körbchen mit gesammelten Steinen von unseren Urlauben am Meer, und da auch diese Stelle angekreuzt war, untersuchte ich jeden einzelnen Stein genau.

Ich fand 3 unbekannte Steine darunter, wobei bei zweien davon mit Goldfarbe ein Gesicht aufgemalt war. Mit absoluter Sicherheit gehörten diese nicht zu uns, woraufhin wir alle Steine wegbrachten.

Ums Eck, Richtung Küche, wo ich viele Male am Tag vorbeilaufe, bewahrte ich einige Schmuckstücke auf. Ein 2 cm großer Anhänger aus geschliffenem Türkis war ebenfalls mit einem Gesicht in Goldfarbe bemalt, und in der Lade daneben fand ich ein noch nie gesehenes, zu einem Netz zusammengeknüpftes Gebilde aus beigefarbenen Schnüren, etwa 15 cm im Quadrat groß.

Unter unseren Betten befand sich jeweils eine 6-eckige, 1 cm dicke Scheibe, die außen von dünnen Holzplatten begrenzt war und der Entstörung des Schlafplatzes diente. Da genau diese Stelle meines Bettes auf Brusthöhe angekreuzt war, suchte ich auch hier alles ab. Es kam aber nur noch die Entstörungsplatte in Frage, die sich exakt an dieser Stelle unter meinem Bett befand.

Zum Vergleich holte ich 2 identische Platten dazu und begann jede in ihre Einzelteile zu zerlegen. 2 davon waren einwandfrei in Ordnung, doch beim Teil unter meinem Bett konnte man eindeutig Manipulationen erkennen, wodurch die harmonische Struktur zerstört war. Wie gut, dass ich mein Bett seit der damaligen Herzattacke nicht mehr benutzt hatte.

Beim Elektroherd sollte, laut Hellseher, ebenfalls etwas Negatives deponiert sein.

Unter der Deckellade, von außen nicht einsehbar, lag am Boden ein eigenartiges, zackiges, 10 cm langes, sauberes Metallstück, welches nirgendwohin zuzuordnen war und seinen Platz sicher erst seit kurzem hier gefunden hatte. Ein ähnliches unbekanntes metallenes Teil tauchte hinten im Spülschrank auf. Diese Fundstücke erfüllten mich mit Angst und ich entsorgte sie sofort mit der bereits praktizierten Methode.

Den letzten Hinweisen folgend, entdeckten wir ein fremdes Holzstück im Stauraum der Sitzbank, direkt im Fernsehbereich, und noch ein großes, metallenes Stück im Kasten neben dem Schlafplatz meiner Mutter.

Beim Anblick dieser Tatsachen stellten wir uns natürlich die Frage, wie dies alles bei uns hinterlegt werden konnte. Vielleicht waren die Geräusche in der Wohnung und auf der Treppe, die vor allem nachts zu vernehmen waren, ein erklärbarer Hinweis.

Gefährlich

In der Zeit unserer Entsorgung, wo Angriffspfeiler der Gegenseite wegbrachen, kam eine neue Taktik ins Spiel. Der Körper, vor allem im Brustbereich, begann plötzlich unter starken, energetischen Stößen zu vibrieren, was mit großer Schwächung, Herzrasen und Unwohlsein einherging. Dieser Zustand war furchterregend und unerklärlich. Es fühlte sich so an, als würde ich im Sogfeld einer feindlich gepolten maschinellen Einrichtung stehen.

Nachdem ich lange verzweifelt grübelte, erinnerte ich mich daran, irgendwann schon einmal über Ähnliches gelesen zu haben und begab mich auf die Suche nach diesem Buch.

Es handelte sich um einen autobiographischen Bericht eines berühmten, bereits verstorbenen Magiers, der in einen esoterischen Roman verpackt war. Darin werden die Gesetzmäßigkeiten und dunklen Machenschaften einer der weltweit gefährlichsten Loge beschrieben, für die auch rituelle Tötungen zum Konzept gehören. Diese würden mittels vereinten geistigen Kräften und mit Hilfe einer aktivierten Apparatur durchgeführt, was meist bei den Opfern als plötzliches Herzversagen diagnostiziert wird.

Diese Information war alles andere als beruhigend und dämpfte meine zukünftigen Erwartungen beträchtlich.

Ein schrecklicher Moment

An einem Nachmittag bin ich mit meiner Mutter einkaufen gefahren. Sie war voller Unternehmungsgeist und bester Dinge. Wir hatten Teile für einen Schrank besorgt, den wir am nächsten Tag fertigstellen wollten, und genehmigten uns einen lustigen Vorabendfilm im Fernsehen.

Unter diesem spürte ich plötzlich einen gewaltigen Angriff. Mein Oberkörper vibrierte und eine unglaubliche Hitze breitete sich vom Kopf her aus, mein Atem fing an zu stocken, mein Herz raste. Dies schien auch meine Mutter zu erreichen, im selben Augenblick zeigten sich bei ihr ungewohnte Erscheinungen. Mein jüngerer Sohn und ich hatten noch Zeit, sie in den Arm zu nehmen, wobei sie meine Frage nicht mehr beantworten konnte. Es war vorbei. Abgesehen von dieser grauenvollen Situation liefen die Angriffe weiter. Es war so, als wäre nicht nur eine Maschine mit negativer Strahlung am Laufen, dazu war ein Befehl präsent: „Du stirbst jetzt, genau wie deine Mutter!"

Es ging mir, abgesehen vom seelischen Schock, so katastrophal, dass ich mich nur noch mit einem Bad und Gebetsserien retten konnte. Kurz danach wurde mit einer Attacke nachgelegt, die einen Stich in die Herzgegend, Nadelungen am Körper und massive Selbstzerstörungsbeeinflussungen zum Inhalt hatte, was sich durch ein weiteres Bad wieder aufhob.

Auf jeden Fall steht fest, dass es an diesem Abend nicht mit natürlichen Abläufen zuging. Solchen herzlosen, eiskalten Angreifern fehlt jegliches Gewissen, man müsste sie als Psychopathen bezeichnen, denen es Freude bereitet, andere zu zerstören. Sie haben ihre Seele an mächtige, dunkle Wesenheiten verloren, sind von ihnen überfrachtet und fremdbestimmt. Dies ist das Schlimmste, was einem passieren kann, und irgendwann wird für sie das böse Erwachen kommen.

Eine Botschaft

Durch das unerwartete Ableben meiner lieben und gütigen Mutter war ich untröstlich, zumal ich sie nicht ausreichend hatte beschützen können.

Am nächsten Tag aber erschien, nach kurzem Regenschauer, ein wunderbarer Regenbogen direkt über dem Haus, den wir gleich fotografierten. Er zeigte sich auf die Minute zeitgleich zum Heimgang meiner Mutter am Tag zuvor. Dies wirkte auf uns als eine tröstende Botschaft.

Wir trockneten die Tränen und wussten in diesem Moment, dass nichts ohne Gottes Willen geschieht. Diese innere Gewissheit bestätigte den gewählten Zeitpunkt, so konnten wir die Situation akzeptieren, auch wenn es uns sehr schwer fiel.

Nachfrage

Kurz darauf erhielt ich einen Anruf der Leiterin des Seminarzentrums. Sie fragte nach dem Befinden meiner Mutter, die sie gar nicht kennengelernt hatte.

Ich fand ihre plötzliche Nachfrage äußerst verdächtig und dies verstärkte meine Annahme, dass die Frau und ihr Lebensgefährte in Wahrheit genau derselben schwarzmagischen Loge wie der Kartenleger angehören und immer noch mit ihm gemeinsame Sache machen. Daher verschwieg ich den Tatbestand und teilte ihr mit, dass es meiner Mutter gut gehe.

Akzeptieren

Es war der Moment gekommen, alle Widerstände und jeden Kampf loszulassen und mein Leben in Gottes Hand zu legen. Ich hatte eingesehen, dass man ohne Hilfe der göttlichen Kraft überhaupt keine Chance hat, um gegen solche heimtückischen Angriffe zu bestehen.

Nur sehr hohe, lichtvolle Wesen wären wohl in der Lage, ein siegreiches Ende dieses dämonischen Treibens zu bewirken. Ich als normaler Mensch habe leider weder das Wissen noch die Kraft dazu, um mich mit meinen Angreifern messen zu können, gestand ich mir ein.

Andererseits kommt nur das auf einen zu, was man bewältigen kann, und da anzunehmen ist, dass alles einen Sinn hat, zieht man das an, was mit einem zu tun hat. Da ich kein gleichwertig starker Gegenpart der schwarzmagischen Loge bin, kann man auf dieser Ebene nicht stimmig argumentieren. Es könnte sich um einen harten und langwierigen Lernprozess handeln, der im Endeffekt zu meinem Besten stattfindet, überlegte ich, und versuchte, mich in diese Richtung zu bewegen.

Gefühle

Das tiefe Gefühl der Angst ist wahrscheinlich der Hauptangelpunkt für die Angreifer, diese Schiene dient den finsteren Mächten vermutlich als Eintrittspforte.

Als Wurzel zeigt sich mir die Urangst vor dem Leben auf dem Planeten Erde an sich, wo es ja wahrlich nicht gerade zimperlich zur Sache geht. Dies gebiert viele andere Ängste, wie Angst vor Versagen, Ablehnung, Unglück, Armut, Tod, Verlust, Alter und einer ungewissen Zukunft.

Sämtliche Ängste basieren möglicherweise auf einem mangelnden Vertrauen in das Leben und auf die göttliche Führung.

Vertrauen

Ich zog die Konsequenzen daraus, ließ meine Zweifel und Vorbehalte los, um mich vertrauensvoll dem Leben zuzuwenden, mit der Sicherheit, dass einfach alles zum Besten geschieht, auch wenn man es meistens erst zu einem späteren Zeitpunkt erkennen kann.

Da ich am bitteren Ende meiner Möglichkeiten angekommen war, ordnete ich mich dem Willen des Schöpfers unter und übergab ihm die Angelegenheit mit den Angriffen der bösen, schwarzmagischen Loge, verbunden mit der Bitte, dass er sich bitte jetzt darum kümmern möge.

Veränderung

Allerdings blieb für mich auch noch genug Arbeit übrig, denn zugegeben trug ich in mir eine große Portion ungünstiger Lebenseinstellungen, was unbewusst schädliche Autosuggestionen nach sich zog.

Das zusammen war natürlich ein wahrer Segen für meine Angreifer, welche die bei mir vorliegenden und von ihnen schnell auskundschafteten Schwächen klug für ihre Ziele durch entsprechende Beeinflussungen und Verstärkung nutzten.

Der wirkungsvollste Schutz für mich wäre es also, meine negative Selbstbeurteilung in eine klar positive umzuwandeln und meine tiefsitzenden Ängste und Zweifel an das Licht zu holen, um sie dann endlich frei zu lassen.

Wirkung

Somit war der Weg abgesteckt, doch mit der Leichtigkeit einer theoretischen Vorgabe konnte die praktische Durchführung nicht mithalten. Es ging nur mühsam voran, aber immerhin zeigten sich Fortschritte. Zwar liefen die Angriffe immer noch, aber abgeschwächt, offensichtlich kamen sie nicht mehr in voller Intensität durch.

Ich fand auch nach reiflichem Nachdenken keinen Grund, warum ich mich nicht lieben und anerkennen sollte, also entschloss ich mich zu einer radikalen Änderung meiner diesbezüglichen Gedanken.

Es gibt nur wenige Menschen, die perfekt sind und immer Erfolg haben. Ich vermute, meine Ansprüche mir gegenüber waren zu hoch angesetzt, sodass ich die Messlatte real nicht erreichen konnte. Aus dieser Überlegung heraus war es für mich relativ problemlos, mich endlich so anzunehmen, wie ich bin, mit Höhen und Tiefen, denn schließlich ist man ja auf der Erde um zu lernen und sich weiterzuentwickeln.

Keine Antwort

Warum der Kartenleger und seine Loge mich und meine Lieben dermaßen bösartig und hartnäckig attackiert haben, und wer hinter all dem als treibende Kraft steckte, bleibt bis heute eine unbeantwortete Frage.

Welche Motivation diese Schwarzmagier antreibt und wo die Vorteile für sie sind, darüber kann ich nur spekulieren. Inzwischen ist der Kartenleger verstorben.

Gedanken

Ich bin natürlich weiterhin damit beschäftigt, etwas zu bearbeiten, zu lernen oder aufzulösen. Durch jede abgelegte Schwäche steigt meine Stärke, und das innere Licht, das jeder Mensch in sich beherbergt, erhält wieder mehr Platz, sodass die Dunkelheit durch dieses neu erworbene Territorium an Angriffsmacht verliert.

Ich weiß nicht, was noch alles kommt, aber ich sehe jetzt vertrauensvoll, zuversichtlich und vor allem dankbar auf mein Leben. Ich nehme es gerne an und weiß, dass noch einige größere Lebensaufgaben mich erwarten. Ich fühle mich jetzt geborgen und beschützt, nichts kann geschehen, was ich nicht selbst initiiert habe. Vielleicht waren die seit 10 Jahren laufenden, furchtbaren Attacken der Schwarzmagier nur ein Spiegel für meine negativen Gedanken gegen mich selbst.

Ich vermute, dass auch die Logenmitglieder etwas aus meinem Fall lernen sollten. Vielleicht wurde aufgezeigt, dass auch ihre Macht und die der Finsternis Grenzen haben, denn im Endeffekt steht die göttliche Macht über allem. Das Böse hat sicher auf der Erde auch seine gottgewollte Berechtigung, indem es der Schöpfung als Hilfsmittel für nötige Läuterungs- und Lernprozesse dient.

Da alles in der Schöpfung einer Ordnung unterliegt und seinen Platz einnimmt, ist eben auch die Dunkelheit ein gottgewolltes Instrument, da sie hilft, das Licht zu erkennen.

So gesehen, musste ich buchstäblich durch die Hölle gehen, schrecklich leiden und mit intensivsten Ängsten konfrontiert werden, um mein falsches Denken und Fühlen erkennen zu können. Dies hat mir die Möglichkeit gegeben, mich mit meinen in starkem Ausmaß manifestierten Blockaden, mit meinem Leben und mir selbst gegenüber zu konfrontieren.

Durch Erkenntnis und Bewusstwerdung haben die Angreifer, aus Sicht des Lebens, ihre Aufgabe erfüllt, denn durch ihre Attacken und meine tiefe Verzweiflung gelangte ich zur engen Verbindung mit der göttlichen Schöpfungskraft in mir, die zuvor durch Misstrauen und Zweifel vergraben war.

Anhand dieser Einstellung erscheinen die Peiniger in einem anderen Licht, was kurios klingen mag, aber es heißt nicht umsonst, dass man auch Negativem eine positive Seite abgewinnen kann.

Schlussbetrachtung

Es liegt in der menschlichen Natur, dass man dazu neigt, an seiner Kraft zu zweifeln und sich dem Leben, seinem Sinn und den Gegebenheiten gegenüber hilflos fühlt. Man sehnt sich nach Anhaltspunkten, Vorbildern und Übermenschen, an denen man sich festhalten und orientieren kann. Statt aber dem Schöpfer der Welten den 1. Platz einzuräumen und an das jedem innewohnende göttliche Licht zu glauben, himmelt man andere an, vergöttert und verehrt sie über das rechte Maß hinaus. Dadurch wird das eigene Potenzial gedämpft, sodass es sich nicht ausreichend entfalten kann.

So gestattet man anderen unbewusst, sich in diesen unbenützten Raum zu begeben, den sie mit ihren Machtansprüchen ausfüllen. Dies machen sich auch berufliche Zweige zu Nutze, um ihre gewünschte Einflussnahme in Form von Manipulation gewinnbringend zu hinterlegen.

Leider wird, vor allem auf spirituellem Gebiet, die Leichtgläubigkeit der Menschen für eigennützige Zwecke missbraucht. Trauriger Weise trifft dies vor allem die suchenden, naiven, gutgläubigen Menschen, die sich verbessern, lernen und weiterentwickeln wollen. Mit höchstem Eigenlob und den unglaublichsten, bereits vorangegangenen Heldentaten werden diverse Erleuchtete und sonstige Kapazitäten im Vorfeld angepriesen, weshalb ihnen Bewunderung sicher ist. Man wird mit großer Verehrung zu ihnen aufschauen und das eigene Heil von ihnen abhängig machen, was sich in den eigenen finanziellen Ausgaben enorm zu Buche schlagen kann.

Die suggestive Beeinflussung, bis zum NLP, wird mit Geschick angewandt, sodass der erwünschte Glaube unbemerkt gefestigt wird. Zumeist bekommt man bei den Konsultationen das gesagt, was man gerne hören möchte, deshalb geht man auch immer wieder hin.

Es wird zur Gewohnheit und kann leicht in ein dauerhaftes Bedürfnis münden, was sich bis zur Abhängigkeit fortsetzen kann, wobei man sich immer weiter von der eigenen Stärke entfernt. Es kann vorkommen, dass man mitgeteilt bekommt, man hätte kein Karma mehr, keine vergangene Schuld jeglicher Art abzutragen und käme von allerhöchster Ebene, um freiwillig Belastungen anderer auf sich zu nehmen.

Das heißt, wenn man krank wird oder etwas Unangenehmes im Leben passiert, würde es sich in diesen Fällen nicht um einen eigenen Lernprozess handeln, sondern um Verfehlungen der unerleuchteten Mitmenschen, deren Schuld man aus selbstloser Liebe übernommen hat. Das hört sich toll an und ist gut für das Selbstbewusstsein, hat aber viele Haken. Wer ernsthaft glaubt, es nicht mehr nötig zu haben, an sich zu arbeiten, kann auch keine Fortschritte machen, weil er sich von heilenden Prozessen ausschließt. Zudem wäre dieser Vorgang für die Begünstigten schädlich, da man ihnen durch das Abnehmen ihrer selbst verursachten Last die Möglichkeit nimmt, daran zu lernen, zu erkennen und einen besseren Weg einzuschlagen.

Durch diverse Schulungen und Belehrungen kann die innere Überzeugung entstehen, dass man weiter entwickelt sei als normale Menschen. Man stellt sich gedanklich über sie, was sich als hinderlich für eine echte Weiterentwicklung herausstellen kann. Der wahre Meister, denke ich, zeichnet sich durch Demut und Bescheidenheit aus, wohlwissend, dass man ohne die Gnade und Liebe Gottes nicht existieren kann. Er würde auf jeden Fall versuchen, den Menschen klar zu machen, dass in Wahrheit alles in ihnen selbst liegt, was sie unentwegt im Außen suchen.

Jeder hat das Göttliche in sich und keiner ist mehr wert wie der andere, deshalb sollte man sich auch nicht selbst erhöhen.

Wenn man in sich sucht, wird man Antworten finden und göttliche Führung erfahren. Hier wohnt die innere Kraft und Stärke, die jedem Menschen wahren Halt gibt. Gerade auf dem spirituellen Sektor bietet sich die Möglichkeit an, easy seine finanzielle Lage aufzubessern, ohne Verantwortung zu übernehmen. Häufig wird etwas vorgegaukelt, was nicht der Wirklichkeit entspricht, um neue Kunden anzulocken, die mit einem Halbwissen und mehr Schein als Sein konfrontiert und oft dadurch geschädigt werden.

Die Enttäuschung wird unweigerlich eintreten, der Betroffene fällt in ein Loch, das viel tiefer sein wird als zuvor, was Hilflosigkeit und Abhängigkeitstendenz weiter verstärkt. Es tritt das Gegenteil von dem ein, was man erhofft hat, denn statt an innerer Stärke und Licht zu gewinnen, hat man oftmals von manch einem selbsternannten Lehrer, Heiler und Erleuchteten Schwäche und Dunkelheit übertragen bekommen. Eine weise Vorsicht ist immer angebracht, denn blindes Vertrauen kann ausgenützt werden. Den besten Anhaltspunkt vermitteln Taten der Mitmenschen, denn vom Reden allein erhält man schnell ein falsches Bild, auf das man hereinfallen kann.

Es gilt zu beobachten, zu unterscheiden und zu lernen, wozu man täglich genug Möglichkeiten bekommt. Ich versuche, wie Sie sicher auch, mein Bestes zu geben, so gut ich es kann. Meinen Eigenwillen habe ich abgelegt, weil mir bewusst ist, dass er mir im Leben nicht weitergeholfen hat. Ich bin durch alles, was ich erlebt habe, zur Überzeugung gelangt, dass die göttliche Führung und Hilfe jedem Menschen zur Verfügung steht.

Gerne bin ich bereit, diese anzunehmen und mich dem Willen des Schöpfers unterzuordnen, weil ich in meinem Leid erfahren habe, dass diese Einstellung den Schutz für mich gewährleistet. Wahre Sicherheit kann man nur in der eigenen Mitte und der Hingabe an das göttliche Licht finden, davon bin ich überzeugt!